U0165458

四海浪擊
秋津島

よさぶそん

與謝蕪村──【著】

陳黎、張芬齡──【譯】

目錄

田園未蕪，詩筆寫生畫夢又一村

——與謝蕪村的小宇宙

陳黎、張芬齡

一

　　與松尾芭蕉（1644-1694）、小林一茶（1763-1827）並稱為日本三大俳句詩人的與謝蕪村（1716-1783），可說是稀有的奇才，兼具偉大詩人和傑出畫家的雙重身分，一生寫了約三千首俳句，畫了七百多幅畫（包括一百二十多幅「俳畫」）。他的詩往往繪畫感十足：強烈的視覺效果，豐富的色彩，靜冷、然而具張力的美學距離。他寫詩，彷彿在白紙上揮毫作畫，世界在他筆下不斷成形，構成一多樣並陳、自身具足的小宇宙。

　　學者頗喜對比松尾芭蕉和與謝蕪村的不同：芭蕉是探索者，蕪村是藝術家；芭蕉是苦行詩人，蕪村是入世畫家；芭蕉是表達自身經歷的主觀的詩人，蕪村是藝術與創作優先的客觀的詩人；芭蕉的藝術特色是古雅、幽玄、平靜、素樸，蕪村則是在古典中尋找鮮活的詩趣；芭蕉抒發真實生活中所見、所聞、所感，自然與人生於他是合為一體的，蕪村則往往跳脫寫實，以充沛的想像力創造具藝術感和新鮮感的詩意。與謝蕪村在世時主要以畫聞名，十九世紀末文學宗匠正岡子規（1867-1902）鼓吹俳句現代化，寫了一系列頌揚蕪村

的文章，貶抑盲目崇拜芭蕉之風尚，蕪村從此躋身俳句大師之列。

與謝蕪村於1716年（享寶元年，芭蕉死後22年）生於距離京都三十里的攝津國東成郡毛馬村（今大阪市都鳥區毛馬町）。他本姓谷口，與謝是他母親家鄉的地名。關於他的幼年，我們所知不多。他的父親或許是村長，母親是幫傭，但他們似乎在他十幾歲時就過世了。蕪村六十二歲時，在一封書簡中談到同年完成的「俳詩」《春風馬堤曲》時曾如是描述他的家鄉：「馬堤，即毛馬塘也，是我的家鄉。余，幼童之時，春日清和之日，必與友人來此堤上遊玩。水上船隻來來往往，堤上人們來來去去，其中有到浪速地區（今大阪市及其鄰近地帶）幫傭的鄉下姑娘，她們仿效都會女子的時髦裝扮，梳著藝妓的髮型，喜歡浪漫故事和閒聊是非。」

蕪村顯然很早就顯露對繪畫的興趣，並且得到一位「狩野派」畫家的指點。二十歲左右，他離家到江戶（今之東京）學詩學畫。於二十二歲時（1737）投身俳句流派「夜半亭」創始人早野巴人（即宋阿，1677-1742）門下，有段時間幾乎可說是他的貼身秘書。早野巴人師承芭蕉弟子寶井其角（1661-1707）、服部嵐雪（1654-1707）。蕪村曾寫道：「巴人救了我，讓我不再寂寞，多年來待我情深意切。」蕪村最初俳號為「宰町」。1738年春出版的《夜半亭歲旦帳》首次收錄了他以此名發表的一首俳句，同年夏，他的一首俳句與插畫出現於圖文書《卯月庭訊》中，署名「宰町自畫」。幾年

間，他在不同選集裡發表了三十多首俳句，在江戶藝文圈逐漸闖出名號。他也學作漢詩，聽儒學家、畫家服部南郭（1683-1759）講唐詩和孔學。早野巴人於1742年去世，「夜半亭」亦停擺。蕪村當時二十七歲，他離開江戶，先往下總結城（今茨城縣結城市），寄住於同門砂岡雁宕處。爾後十年間，他效法松尾芭蕉的行腳精神，遊走關東與奧州（日本東北地方），偶亦回江戶，俳句與繪畫皆有長進。

　　1744年春，蕪村於野州（今栃木縣）宇都宮編輯、印行了《寬保四年歲旦帳》，首次使用「蕪村」此一俳號——與陶淵明《歸去來辭》「歸去來兮，田園將蕪胡不歸」一句顯有關聯。此階段的蕪村似乎以繪畫為主業，以俳句寫作為餘技，留下的詩作或畫作並不多。1751年8月，三十六歲的蕪村結束十年浪遊生活遷移至京都，首度住進禪寺，剃髮，穿僧袍。1754年，又移往他母親的家鄉丹後與謝，寄居於宮津的淨土宗見性寺。他在這裡逗留了三年，把大半的精力投注於繪畫，勤學「文人畫」（南畫），創作了許多山水、人物、花鳥畫作。與謝蕪村或許受到俳人、畫家彭城百川（1697-1752）影響，將日本與中國的文學、藝術元素融合在一起。遲至1757年，他雖自認是畫壇正宗「狩野派」的追隨者，卻已然轉向「文人畫」風。

　　1757年9月，蕪村回到京都，在此終老。回到京都的第二年，他將姓氏從「谷口」改為「與謝」。他大約在1760年、四十五歲時結婚，妻子名為とも（Tomo），也是詩人，他們

育有一女，名くの（Kuno）。蕪村靠教人寫詩與賣自己的畫為生，但仍有極多時間寫俳句，此後二十幾年，創作量越來越大。1760年代的蕪村已然是頭角嶄露、才氣受肯定的文人畫家，而後終成為與池大雅（1723-1776）並列的江戶時代文人畫巨匠（1771年，蕪村與池大雅合作完成以李漁《十便十二宜詩》為主題，現今被列為「日本國寶」的《十便十宜圖》，蕪村畫其中《十宜圖》）。

1766年，蕪村與昔日夜半亭同門炭太祇、黑柳召波成立俳句社「三菓社」。同年秋天，他離開妻女，獨赴讚岐（今香川縣）。翌年回京都後又再赴讚岐。1770年，55歲的蕪村被推為夜半亭領導人，繼承夜半亭名號，成為「夜半亭二世」，三菓社也易名為夜半亭社。炭太祇、黑柳召波於1771年相繼過世，幸有高井几董、松村月溪、三浦樗良等傑出新門人入社。從1772年開始，夜半亭社陸續了印行了多本可觀的俳句與連句集。几董於1773年、1776年先後編成《明烏》、《續明烏》兩選集。蕪村於1777年寫成了前面提到的《春風馬堤曲》——以非常中國風的「謝蕪邨」為筆名，由十八首俳句或漢詩構成的新類型「俳詩」——這組思鄉、思母之作將蕪村的詩創作力推至巔峰。

1768年（明和五年）3月出版的《平安人物志》裡，將蕪村列入畫家之部：

謝長庚 宇春星 號三菓亭 四条烏丸東へ入町 與謝蕪村

正岡子規說：「一般人並非不知蕪村之名，只是不曉得他是俳

8

人，只知他是畫家。然而從蕪村死後出版的書籍來看，蕪村生前由於俳名甚高，畫名遂不彰。由是觀之，蕪村在世時畫名為俳名所掩，而死後迄今，俳名卻又為畫名所掩，這是毫無疑問的事實。」這是正岡子規百年前的說法，於二十一世紀的今日觀之，蕪村以詩壇、畫壇雙雄之名，蜚聲於世界文化圈此一事實，已殆無疑問。

二

　　在江戶那幾年是蕪村形塑其美學的關鍵時期。在詩歌方面，終其一生蕪村推崇、追隨芭蕉（「當我死時，／願化身枯芒——／長伴此碑旁」），他感嘆芭蕉死後俳句榮景不再（「芭蕉去——／從此年年，大雅／難接續」），喊出「回歸芭蕉」的口號——他並非一味地模仿芭蕉，而是企求自由地發揮個人特質——這使他終能求新求變地達於一更多元而富情趣的藝術境界，成為「俳句中興時期」的健將。在繪畫方面，在當時江戶幕府「鎖國政策」下的日本，他和一群文人向外探看，自中國文人畫傳統汲取養分，強調藝術創作自由，為藝術而藝術，不受繪畫市場宰制。就詩人／畫家蕪村而言——如前所述——他依靠作畫即可維生，可以自由地寫自己想寫的詩，因此，不論繪畫或寫詩，他皆能找到抵抗「市俗之氣」的藝術創作之道。「回歸芭蕉」的蕪村，與芭蕉之別在於：芭蕉倡導「高悟歸俗」（こうごきぞく），亦即「用心領悟高雅之物，但最終回歸凡俗的世界」（高く心を悟り

て、俗に帰るべし），追求「輕」（軽み）或日常性的詩的風格；蕪村則提出「離俗論」，主張「俳句的寫作應該用俗語而離俗」（俳諧は俗語を用ひて俗を離るるを尚ぶ），說「離俗而用俗，此離俗最難處」（俗を離れて俗を用ゆ、離俗ノ法最もかたし）──他最終所求是「離俗」，而非芭蕉的「歸俗」。有門人問捷徑為何，他答「讀漢詩」，他認為漢詩雖然與俳句有別，照樣能帶給俳句寫作者「去俗」之功──他說「去俗無他法，多讀書則書卷之氣上升、市俗之氣下降矣。」蕪村如是在中國文學、繪畫以及和日本古典文學中探索，悠遊於一個遠比周遭的現實更美好的世界，一個優雅和想像的小宇宙。芭蕉認同日常的「歸俗論」和蕪村拒斥當代社會的「離俗論」，這兩種不同詩觀反映出十七世紀末元祿時期的文化與十八世紀後期文人思想間的根本差異。

蕪村的俳諧風格多樣，其最令人印象深刻的幾個特質如下：對人物寫實性的刻畫；虛構的敘事手法；營造童話般氛圍的功力；富含戲謔和幽默的趣味；以畫家之眼呈示詩作；建構想像與浪漫的天地；大量借用中國和日本的古典文學，引領讀者進入另一個世界。當代俳句學者山下一海，曾各以一字概括三大古典俳人特：芭蕉──「道」；蕪村──「藝」；一茶──「生」。對與謝蕪村而言，藝術即人生，想像即旅行。他的俳句上演著漫漫人生道上「生之戲劇」。

正岡子規在1897年（明治三十年）發表的《俳人蕪村》一文中，力讚蕪村的俳句具有積極、客觀、人事、理想、複

雜、精細等多種美感。他說：「美有積極與消極兩種。積極的美指的是構思壯大、雄渾、勁健、艷麗、活潑、奇警。消極的美則指意境古雅、幽玄、悲慘、沉靜、平易⋯⋯。參悟了唐代文學的芭蕉多取消極的意境，後世所稱芭蕉派者也大多仿此。這是寂、雅、幽玄、細膩且至美之物，極盡消極。學習俳句者因此多崇尚以消極之美為唯一之美，而視艷麗、活潑、奇警為邪道、卑俗⋯⋯。一年四季中，春夏為積極，秋冬為消極。蕪村最愛夏季，夏之俳句最多。其佳句亦多在春夏二季。這已是蕪村與芭蕉的不同。」蕪村固然寫了頗多夏天或其他題材的明亮、明快俳句，但他寫了更多異想的、妖冶的、超現實的、荒謬的、病態／狂態的、惡搞／kuso的俳句——它們究屬剛或柔，陰或陽，優或劣？子規對積極、消極美的判別，不免有武斷或難以周延處。我們閱讀蕪村俳句，或可拋開不必要的旗幟、術語、標籤，只需如終日悠緩起伏、伏起的春之海般，敞開心胸，悠哉游哉領受之⋯⋯

　　底下，我們願舉一些詩例，與讀者分享蕪村俳句之美。

三

　　芭蕉1689年寫過一首俳句「*汐越潮湧／濕鶴脛——／海其涼矣！*」（汐越や鶴脛ぬれて海涼し），隔了85年（1774），蕪村也有一首類似的俳句「*晚風習習——／水波濺擊／青鷺脛*」（夕風や水青鷺の脛をうつ）。兩者有何差別？兩者皆靜中有動，雖然蕪村詩中的畫面可能更具動感些。

11

寫靜態的景色容易，若要融動態的人事於寫生之中，在客觀寫景摻雜主觀情思，又不流於濫情，則非易事。蕪村有多首動靜交融，寓情於景的佳作：

　　留贈我香魚，／過門不入——／夜半友人

　　刺骨之寒——亡妻的／梳子，在我們／臥房，我的腳
　　　　跟底下

　　乞丐的妻子幫他抓蝨子——梅樹下

　　手執草鞋——／悠哉／涉越夏河

　　刈麥的老者／彎身，如／一把利鐮刀

　　薄刃菜刀掉落／井裡——啊／讓人脊背發冷

　　與謝蕪村的俳句題材廣泛，我們說對他而言「藝術即人生，人生即藝術」。他的「生之舞台」上登場的首先當然是人，但每以新的筆觸或視角呈現之。他筆下就有許多讓人印象深刻的女性——譬如，有重情義的失婚女：「雖已離異——／仍到他田裡／幫忙種稻」；有夢想來世命運翻轉的煙花女：「出來賞櫻——／花前的妓女，夢想／來世是自由身」；有心中縱有千言萬語也無法表達的啞女：「懷中帶著小香袋／——啞女也長大成／懷春女了……」；還有投河自盡的美女與瘋女：「以春天的流水／為枕——她的亂髮／飄漾……」、「瘋女／搭畫船——春水／滾滾……」。據說蕪村的母親於蕪村十三歲時投水自殺，上面「春水詩」也許就是蕪村思母之作。

身為畫家的蕪村十分重視構圖和色澤，又因為有些詩是「畫贊」（畫作上的題詞），所以寫生感和畫趣十足，譬如：

　　春之海——／終日，悠緩地／起伏伏起

　　逆狂風而馳——／五六名騎兵／急奔鳥羽殿

　　蝸牛角／一長一短——／它在想啥？

　　古井：／魚撲飛蚊——／暗聲

　　月已西沉——／四五人／舞興仍酣……

　　一隻黑山蟻／公然／爬上白牡丹

　　閻羅王張口／吐舌——吐出／一朵牡丹花

他有一首俳句寫跨繁華京都加茂川（今稱鴨川）的四條、五條橋——「四條五條／橋之下：／啊，春水……」（「春水や四条五条の橋の下」），據說橋上行人如織，眾聲如流動的鼎沸——讀此詩，腦海立刻閃現鮮明畫面，一首「圖象詩」儼然成形，我們遂大膽「立體化」試譯如下：

　　人人人人人人人人人人人人人人人

　　人人人人人人人人人人人人人人人

　　四條五條橋之下：

　　　　　　啊，春水…………

翻譯俳諧之句，當然要有俳諧精神——四條中文譯文線裡反

13

覆成形的「众」，彷彿向「众」生不絕於途的花都京都四條、五條致敬呢。

蕪村俳句舞台「生之戲劇」，有時上演的是以動植物（或非生物）為演員，頗具卡通或童話趣味的「人形劇」（木偶戲），譬如：

寒夜裡／造訪猴先生——／一隻兔子

水桶裡，互相／點頭致意——／甜瓜和茄子

萩花初長的／野地裡——小狐狸／被什麼東西嗆到了？

高台寺：／黃昏的萩花叢裡——／一隻鼬鼠

枯黃草地——／狐狸信差／快腳飛奔而過

煤球像黑衣法師——／從火桶之窗／以紅眼偷窺……

黑貓——通身／一團墨黑，摸黑／幽會去了……

有時則是展現人情之美和生之幽默的「默劇」，或者有著開放性結局且讀者可參與編劇的「時代劇」，譬如：

春雨——／邊走邊聊：／蓑衣和傘……

春將去也——／有女同車，／竊竊私語……

紫藤花開的茶屋／——走進一對／形跡可疑的夫婦

人妻——／佯看蝙蝠，隔著巷子／目光勾我……

有時則是有著冷艷、妖冶情調／情節，聊齋式的「誌異劇」，

譬如：

> 狐狸愛上巫女，／夜寒／夜夜來尋……
> 狐狸嬉遊於／水仙花叢間──／新月淡照之夜
> 冬夜其寒──化作／狐狸的僧人咬己身狸毛／為筆，
>   書寫木葉經……
> 狐狸化身／公子遊──／妖冶春宵……
> 夏月清皎──／河童所戀伊人／住此屋嗎？
> 初冬陣雨──／寺裡借出的這支破傘，似乎／隨時會
>   變身成妖怪！

而他每每只給你一張劇照，一個停格的畫面──不是整齣劇、不是整部電影──讓觀者自行拓展想像的空間，創構自己17音節／17秒的微電影，極短劇！

　　蕪村是詩劇場的高竿製作人，雖然只用一張劇照。以「刺骨之寒──亡妻的／梳子，在我們／臥房，我的腳跟底下」一詩為例，一般都認為是蕪村心境的寫照，將之解讀為：喪妻的詩人獨眠時無意中踩到亡妻的梳子，憶及往日，孤寂的寒意湧上心頭。事實是：此詩寫於1777年，當時蕪村的妻子仍健在（她在蕪村死後31年──1814年──才過世）。所以這不是詩人的親身經驗，詩中的說話者不是詩人，而是深陷思念之苦的所有鰥夫。蕪村「虛擬」實境，讓此詩具有人類共感的情愫。無怪乎正岡子規說他的詩具有客觀之美。以

15

腳觸梳子的刺感或冷感比喻難耐的錐心之痛，不愧是善用譬喻的大師。「五月雨：／面向大河──／屋兩間」是另一佳例──梅雨下不停，兩間房子在水位不斷高漲的河岸上，引發觀者兩種聯想：它們前景堪憂，因為隨時都可能被淹沒；它們在困境中彼此相依，互為倚靠。有論者以為這樣的兩間房子是詩人與其女兒（當時已離婚）的自況，頓時將此詩從寫實提升到象徵的層次，豐富了詩作的意涵。

　　他將看似衝突的兩個元素並置──美與醜，神聖與鄙俗，高貴與低賤，陽剛與陰柔──進而產生奇異的張力。在「乞丐的妻子／幫他抓蝨子──／梅樹下」一詩，乞丐妻子在美麗的梅樹下替丈夫抓蝨子，蝨之醜與梅之美並陳，巧妙暗示讀者：貧窮夫妻間流露出的真情是最自然的美景；在「在大津繪上／拉屎後飛走──／一隻燕子」和「杜若花開──／鳶糞從天而降，／黏附其上……」二詩，他逗趣地讓不懂藝術的燕子與藝術扯上關係，將鳶糞無違和感地與自然美景融合在一起，而在「高僧──／在荒野，就位／放屎……」一詩，他領先後來大量書寫屁、尿、屎的小林一茶，讓「大德」的高僧自在地在大地大便，讓天（自然）人合一，讓小林一茶在三十年後也推出「高僧在野地裡／大便──／一支陽傘」與他比美。另外，在「中秋滿月──／男傭出門／丟棄小狗」一詩，月圓人團圓的中秋夜，小狗竟遭丟棄成流浪狗，真是明白而讓人無語的諷刺。而在「相撲力士旅途上／遇到以柔指克剛的／家鄉盲人按摩師」，「白梅燦開──／北

16

野茶店，幾個／相撲力士來賞花」，以及「相撲敗北心／難平──以口反撲／枕邊怨不停」等詩，卸下陽剛之力與貌的相撲力士竟也有賞花之雅興，竟也像娘們一樣抱怨發牢騷。

　　江戶時代後期的作家上田秋成曾說與謝蕪村是用假名寫漢詩的詩人。我們甚至也可說他是用漢字寫日本俳句的詩人。漢文造詣甚高的蕪村喜歡在俳句中大量使用漢字，一首十七音節的俳句裡，他每每只用了三兩個或三五個假名，其餘皆為漢字（甚至也有全用漢字之句！）：

　　　柳散清水涸石処々

　　　（柳絲散落，／清水涸──／岩石處處）

　　　蟻王宮朱門を開く牡丹哉

　　　（蟻王宮，朱門／洞開──／啊，艷紅牡丹！）

　　　待人の足音遠き落葉哉

　　　（久候之人的腳步聲／遠遠地響起──／啊，是落葉！）

　　　五六升芋煮る坊の月見哉

　　　（僧坊煮芋／五六升，樂賞／今宵秋月明）

　　　代々の貧乏屋敷や杜若

　　　（杜若花開──／在一代又一代／貧窮人家院子裡）

　　　真夜半氷の上の捨小舟

　　　（午夜──冰上／被棄的／歪斜的小舟）

　　　朝顔や一輪深き淵の色

（一朵牽牛花／牽映出／整座深淵藍）

古傘の婆娑と月夜の時雨哉

（初冬陣雨——／一支舊傘／婆娑於月夜下）

霜百里舟中に我月を領す

（霜百里——／舟中，我／獨領月）

秋風や酒肆に詩うたふ漁者樵者

（秋風瑟瑟——／酒肆裡吟詩，啊／漁者樵者！）

　　他也常轉化或借用中國古詩句法，加以變奏。譬如他顯然讀過蘇軾〈後赤壁賦〉裡的「山高月小，水落石出」，轉而寫下「柳絲散落，／清水漲——／岩石處處」，看似寫景，實則喟嘆往昔西行法師和芭蕉所在的詩的盛世已不再。他用《詩經‧鄭風》「有女同車，顏如舜華」之句，寫下「春將去也——／有女同車，竊竊私語……」；用北宋邵雍詩作〈清夜吟〉首句，寫出「月到天心處／——清心／行過窮市鎮」；借白居易〈琵琶行〉聲調、意象，描繪京都宇治河秋日急湍——「啊，秋聲——裂帛般／一音接一音，自／琵琶奔瀉出的激流……」；把司馬相如挑逗卓文君的琴聲，轉成日本三味線音色，向年輕藝妓示愛——「我所戀的阿妹籬圍邊／三味線風的薔花開放——／好似為我撥動她心弦……」。在寫「一根蔥／順易水而下——／寒兮」時，〈易水歌〉名句「風蕭蕭兮易水寒，壯士一去兮不復還」必定在其腦中；以杜甫〈房兵曹

18

胡馬詩〉中「風入四蹄輕」一句為動機,他變奏出「名馬木下四蹄／輕快揚起風──／樹下落櫻紛紛」這樣畫面生動又語意、音韻巧妙的佳句。

　　蕪村用字精煉,語調不俗,除了重視文字的繪畫感,也講究詩歌的節奏、律動與音樂性,句法的對稱、句型的複查以及擬聲或擬態詞是他常用的手法。我們且舉幾例,並以斜體羅馬拼音標示出原詩相關聲響「亮點」:

　　　　春之海──／終日,悠緩地／起伏伏起
　　　　(haru no umi / hinemosu *notari* / *notari* kana)

　　　　遠遠近近／遠遠近近／搗衣的聲音……
　　　　(*ochikochi* / *ochikochi* to utsu / *kinuta* kana)

　　　　秋風中遲吹來的／──是／秋天的風哪……
　　　　(*aki kaze* ni / okurete fuku ya / *aki* no *kaze*)

　　　　苔清水──／東西南北來／東西南北流……
　　　　(*izuchi* yori / *izuchi* tomonaki / kokeshimizu)

　　　　梅花遍地開／往南燦燦然／往北燦燦然
　　　　(ume ochikochi / minami *subeku* / kita *subeku*)

　　　　黃鶯高歌／一會兒朝那兒／一會兒朝這兒
　　　　(uguisu no / naku ya *achiramuki* / *kochiramuki*)

　　音樂性之外,蕪村更巧妙地將語言的歧義性融入其中,「去來

19

去矣，／移竹移矣──來去／住移已幾秋？」一詩是佳例。蕪村巧妙地運用兩位俳人的名字──向井去來和田川移竹──創造出音、義合一的雙重趣味。

出生於大阪附近的蕪村在年輕時期雖曾效法芭蕉遊歷東北方各地，但四十二歲之後，他重回京都，除了幾次短暫外出旅行，再不曾離開此地──也就是說，他在京都度過了生命中最後二十六個年頭。他曾略帶自嘲地寫道：「秋暮──／出門一步，即成／旅人」──他哪能像《野曝紀行》旅途上，「荒野曝屍／寸心明，寒風／刺身依然行！」的芭蕉啊！侷促城市一隅，京都居，雖不易，但似乎仍令他心喜。雖不富有，但寫詩、畫畫、酒宴（與他所愛的藝妓！）、看戲（看他最喜歡的歌舞伎！），似乎頗瀟脫、自得。他六十一歲那年（1776）年底女兒出嫁，她會彈十三弦的「琴」（こと），可說是音樂家。但蕪村的親家據說是大阪某個富豪家的廚子，錢臭味頗重，女兒嫁過去後格格不入，翌年即離婚。1777、1778這兩年，蕪村畫成了多卷取材自芭蕉紀行文，如今成為日本「重要文化財」的《奧之細道圖》和《野曝紀行圖》──芭蕉浪遊，他神遊。

畫畫、寫詩，在紙上寫生畫夢，在陋室神遊四方，上下古今，野行、圈繞出一座獨特的俳諧之村：「閃電映照，四海／浪擊──纍纍／結出秋津島……」；「暴風雪──／『啊，讓我過一夜吧！』／他丟下刀劍……」；「半壁斜陽／映在紙衣袖上──啊／彷彿錦緞」；「詩人西行法師的被具／又出

20

現——／啊，紅葉更紅了……」；「火爐已閉——且洗／阮籍、阮咸南阮風格／極簡澡……」；「仰迎涼粉／入我肚，恍似／銀河三千尺……」；「涼啊——／離開鐘身的／鐘聲……」；「櫻花飄落於／秧田水中——啊，／星月燦爛夜！」……

擅長在詩畫中動員花、葉、星、月，捕捉諸般光影色澤的與謝蕪村，現實生活中也是富浪漫情懷、雅好尋芳問柳的好好色、樂冶遊之徒。已婚、為人父的蕪村，六十五歲（1780）前後結識了芳齡二十的祇園藝妓小糸，為之神魂顛倒。前面讀過他效司馬相如向小糸示愛的「三味線」琴挑詩——「我所戀的阿妹籬圍邊／三味線風的薺花開放——／好似為我撥動她心弦……」——去祇園是要花錢的！詩人有情，床頭乏金，在籬圍外吹口哨、唱唱情歌應該是相當實惠、安全的投資。江戶時代平均壽命約五十歲，年過花甲的蕪村似乎越活越年輕，創作力越來越旺盛。蕪村俳句據說有六成為六十歲以後所作。此等活力恐怕部分來自對愛情的渴望。與小糸的老少／不倫戀，帶給他熱力，也帶給他猜疑、不安、苦惱。在周遭友人忠告下，蕪村於1783年（天明三年）4月與小糸斷絕往來，但若有所失，時有所思……。蕪村一生似有不少夾藏個人情史／情感的俳句：「新長的竹子啊，橋本／那位我喜歡的歌妓／——她在不在？」；「為看歌舞伎新演員公演／——啊，暫別阿妹／溫香暖被！」；「有女／戀我嗎——／秋暮」；「但願能讓老來的／戀情淡忘——／啊，初

21

冬陣雨」;「逃之夭夭的螢火蟲啊，／懷念你屁股一閃／一閃
不怕羞的光……」——最後一首「光」屁股的螢火蟲俳句，
可能就是憶小糸之作。結束黃昏之戀的同一年10月，蕪村重
病臥床，12月24日，在病榻上吟出三首辭世俳句，25日黎明
前，六十八歲的他溘然長逝——「夜色／又將隨白梅／轉
明……」

日本現代詩人萩原朔太郎稱蕪村為「鄉愁的詩人」。芭蕉
一生雖然經常浪跡四方，但不時回到他的家鄉伊賀上野。蕪
村二十歲離開鄉毛馬村後，再也不曾回去過。蕪村是「失落
家園」的詩人。蕪村以「蕪村」為筆名，應是如陶淵明般嘆
「田園將蕪胡不歸」，但他居然連一座「蕪村」（荒蕪的家園）
也不可得——他是「無村」之人！雙親死了，童年、少年變
成了不良老年，無可回的家園了……但我們的確看到他在都
會籠中，在京都四條河原町一角，用詩筆寫生畫夢，一村又
一村建構出鄉愁的小宇宙——對失去的家園，對熱切呼喚他
的整個宇宙的想像——現實中已然荒蕪、空白的，他用筆用
夢耕出另一村，小於周圍世界又大於周圍世界的另一個世
界。瀰漫著「江南style」的鄉愁的《春風馬堤曲》。自被摺進
去的「浪速」的浪裡重新浮現的逝水、憂傷、埋火、昆蟲誌、
夢的潛水艇：「埋在灰裡的炭火啊／你們好像埋在／我死去的
母親身旁……」;「埋在灰裡的炭火啊／吾廬也一樣——／藏
身於灰灰的雪中……」;「風箏輕飄於／昨日另一隻風箏／飛
過的天空一角」;「噢，蜻蜓——／我難忘的村落裡／牆壁的

顏色」;「這些薔薇花──/讓我想起/家鄉的小路」;「故鄉/酒雖欠佳,但/蕎麥花開哉!」;「在自己家鄉──/即便蒼蠅可恨,/我展身晝寢……」;「秋暮──/心頭所思唯/我父我母」;「拾骨者在親人/骨灰中撿拾/──啊,紫羅蘭」;「吃啊、睡啊/在桃花下──/像牛一樣……」;「被一滴雨/擊中──蝸牛/縮進殼裡」;「雨中的鹿──/它的角,因為愛,/沒有被溶壞……」;「今宵月明──/我的傘也化身為/一隻獨眼獸」;「遠山峽谷間/櫻花綻放──/宇宙在其中」……

夠積極了,詩人,你洛可可式的,斷面的,碎片的,萬花筒式的,妖艷的,疏懶無用的新感覺,消極美……在二十一世紀的今日,猶給不安、猶疑的我們一支可摺疊的獨眼獸傘,一副免洗免鏡片無重力的蜻蜓眼鏡──看詩。看海。

四海浪擊秋津島……

四

要感謝二十年前在花蓮慈濟大學東方語文系修習陳黎「現代詩」課、這些年來對日本古典詩與現代詩懷抱極大熱情的楊惟智,再次無私地借我們他珍藏的幾本蕪村詩集──特別是日本集英社出版的《古典俳文學大系12:蕪村集(全)》（1972）,新潮社出版的《新潮日本古典集成:與謝蕪村集》（1979）,使我們從2019年3月下旬開始,日日夜夜思之、勞

之的中譯蕪村俳句選，得以順利地在5月底暫有所成，完成
第一階段「300首」譯事，又於2022年殺青增為「475首」的
眼前此書之翻譯。這本拙譯俳句選裡蕪村俳句的寫作年代，
主要根據講談社1992年出版的《蕪村全集（第1卷）：發句》，
部分則參考更近期出版（譬如「角川文庫」版《蕪村句集》，
2011初版，2019第16版）或者出土的一些資訊，希望在無法
完全精準的情況下，能提供給讀者一個方便的時間軸。《四海
浪擊秋津島：與謝蕪村俳句475首》總共收錄與謝蕪村俳句
中譯四百七十五首。

與謝蕪村俳句選

（475首）

001

> 尼寺裡，陰曆十月
> 十晝夜唸佛會，
> 送來了潤髮的髮油

☆尼寺や十夜に届く鬢葛（1737）

amadera ya / jūya ni todoku / binkazura

譯註：此詩為與謝蕪村22歲之作，隨其所作的一幅描繪正在讀信的長髮女子之圖，刊於豐島露月1737年冬編成、1738年夏出版的圖文書《卯月庭訊》中，署名「宰町自畫」。「宰町」為蕪村當時拜「夜半亭」早野巴人為師所用的俳號。日文原作中的「十夜」（jūya），指的是陰曆10月6日晚上至15日早上舉行的淨土宗十晝夜唸佛修行。來寺裡參加的善男信女們，俗緣未斷，仍需髮油梳理頭髮，然而對尼寺裡頭髮已剃光的女尼來說，這些髮油聞起來在她們心中也許別有滋味。「届く」（todoku），收到、送到；「鬢葛」（binkazura），用葛草製成的髮油。

002

> 手持一枝梅花
> 行走於陰曆十二月
> 往來的人潮中

☆梅さげた我に師走の人通り（1738）

ume sageta / waga ni shiwasu no / hitodōri

譯註：此詩為與謝蕪村23歲時，以俳號「宰町」發表的最早期作品之一。「師走」（shiwasu），陰曆十二月、臘月。此詩讓人想起小與謝蕪村47歲的小林一茶（1763-1827）寫的一首俳句——「他穿過擁擠的人群，／手持／罌粟花」（けし提て群集の中を通りけり）。

003

> 乞丐的妻子
> 幫他抓蝨子——
> 梅樹下

☆虱とる乞食の妻や梅がもと（1739）

shirami toru / kojiki no tsuma ya / ume ga moto

譯註：「とる」（取る：toru），取、抓；「もと」（下：moto），底下之意。

004

擂鉢裡兜轉研磨
味噌三十三回
——寺前霜明

☆摺鉢のみそみめぐりや寺の霜（1739）

suribachi no / miso mi meguri ya / tera no shimo

譯註：此詩為蕪村二十四歲之作，有前書「其角三十三回忌」，是為
寶井其角（1661-1707）逝世滿三十二年忌而寫。其角是芭蕉門下「十
哲」之一，也是蕪村恩師早野巴人的老師。「擂缽」（即「摺鉢」），
是以擂棍在其中研磨豆子等物的缽。日文原詩中的「みそ」（miso）
是雙關語，既指「味噌」（豆醬），也指「三十」，而「みめぐり」（三
廻り：mi meguri）則是「三回」或「三迴轉」之意。此詩除富文字
之趣外，亦甚具神秘性。

005

一年將盡——
垃圾沿櫻花河
漂流而下

☆行年や芥流るるさくら川（1740）

yukutoshi ya / akuta nagaruru / sakuragawa

譯註：「芥」（akuta），垃圾；「さくら川」（桜川：sakuragawa），櫻
花河。

006

我的淚也許古老，
它們依然
湧如泉……

☆我淚古くはあれど泉かな（1742）

waga namida / furuku wa aredo / izumi kana

譯註：此詩為與謝蕪村悼念恩師——江戶時代俳諧流派「夜半亭」
創始者宋阿（即「早野巴人」）之作。「夜半亭」一派延續三代，與
謝蕪村為第二代領導者，第三代為高井几董（1741-1789）。「あれ
ど」（aredo），無論如何、依然之意。「かな」（kana），即「哉」，
表示感嘆的終助詞，是俳句中多種「切字」（標點符號般，用以斷
句、詠嘆或調整語調之助詞、助動詞、語氣詞）中的一種。

007

柳絲散落，
清水涸——
岩石處處

☆柳散清水涸石処々（1743）

yanagi chiri / shimizu kare ishi / tokorodokoro

譯註：此詩為與謝蕪村於奧州旅行時慕松尾芭蕉《奧之細道》舊跡，在訪芭蕉所慕歌人西行法師歌詠過的今那須郡蘆野「遊行柳」時所寫之作。芭蕉1689年《奧之細道》旅途中，有詩「一整片稻田／他們插完秧，柳蔭下／我依依離去」（田一枚植ゑて立ち去る柳かな）。西行則於12世紀行腳奧州時，寫了底下短歌——「路邊柳蔭下／清水潺潺，小歇／片刻——／不知覺間／久佇了」（道の辺に清水流るる柳かげしばしとてこそたちどまりつれ）。當年的柳蔭柳影與潺潺清水在蕪村詩中已成枯柳、乾水，彷彿喟嘆巨匠西行、芭蕉所在的詩歌的偉大時代已不復見。蕪村此首俳句全用漢字，為「漢詩調」極濃之作。化用了蘇東坡〈後赤壁賦〉中「水落石出」之意象。

008

> 古庭：
> 梅枝上，鶯啼
> 終日

☆古庭に鶯啼きぬ日もすがら（1744）

koniwa ni / uguisu nakinu / himosugara

譯註：此詩為最早以筆名「蕪村」署名之作。可視為芭蕉名句「古池——／青蛙躍進：／水之音」（古池や蛙飛びこむ水の音）的另類變奏。「日もすがら」（himosugara），終日之意。

009

> 舊棉被一條——
> 該蓋我的頭
> 或我的腳？

☆かしらへやかけん裾へや古衾（1744-1748間）

kashira e ya / kaken suso e ya / furubusuma

譯註：「かしら」（kashira），即「頭」；「かけん」（掛けん：kaken），蒙上、蓋上之意；裾（suso），意為衣服的下擺或足、腳。

010

寒夜裡
造訪猴先生——
一隻兔子

☆猿どのの夜寒訪ゆく兎かな（1751）

sarudono no / yosamu toiyuku / usagi kana

譯註：「猿どの」（猿殿：sarudono），即「猿先生」，敬稱。

011

冬日枯樹林前的
鴛鴦——
盡美矣

☆鴛に美を尽してや冬木立（1751）

oshidori ni / bi o tsukushite ya / fuyukodachi

譯註：「冬木立」（fuyukodachi），冬日枯樹林。

012

蘿蔔已成

老武士——啊，新秀

嫩菜今登場……

☆老武者と大根あなどる若菜哉（1752）

oimusha to / daikon anadoru / wakana kana

譯註：此詩有前書「人日」（即陰曆一月七日）。「若菜」（わかな：
wakana），即嫩菜或「春季七草」的總稱。日本有在新春元月七日，
家人出外採「七草」（七種野菜）煮「七草粥」之習。「大根」
（daikon），蘿蔔；「あなどる」（侮る：anadoru），輕視之意。此詩
將蘿蔔與若菜擬人化為「老武士」與「新秀武士」，幽默地寫新春登
場的若菜——「遇」大人則藐之——無懼老將，躍躍欲試的情態。

013

> 我的小屋像蝸牛，
> 兩支火箸——
> 啊，是我的蝸牛角

☆我庵に火箸を角や蝸牛（1752）

waga io ni / hibashi o tsuno ya / katatsuburi

譯註：此詩有前書「卜居東山麓」。蕪村謔稱自己居於蝸牛般狹小天地中，已具體而微體現其詩意地、自身具足地棲居於其詩畫、想像世界的「小宇宙」美學觀、生命觀。東山，位於京都市加茂川（鴨川）之東。「火箸」（hibashi），取炭火時用的金屬筷子。

014

> 水桶裡，互相
> 點頭致意——
> 甜瓜和茄子

☆水桶にうなづきあふや瓜茄子（1755）

mizuoke ni / unazukiau ya / uri nasubi

譯註：此詩有前書「初逢青飯法師，相談甚歡彷彿舊識」。青飯法師即下面第19首俳句中提到的俳人雲裡坊。「うなづきあふ」（頷き合ふ：unazukiau），互相點頭之意。

015

> 上人寬衣袖疊欲眠，
> 蟬也停止鳴叫
> 收起翅膀準備睡覺……

☆蟬も寝る頃や衣の袖畳（1751-1757間）

semi mo neru / koro ya koromo no / sodedatami

譯註：此詩有前書「訪白道上人草屋，交談至日暮時分，吟此詩贈別」。白道上人當時為宮津西方寺住持，後移居丹波歸命寺，1779年圓寂。「袖疊」（sodedatami），一種稱為「對袖疊法」的和服或夏衣等之簡易疊法。

016

> 手執草鞋——
> 悠哉
> 涉越夏河……

☆夏河を越すうれしさよ手に草履（1751-1757間）

natsukawa o / kosu ureshisa yo / te ni zori

譯註：「うれしさ」（嬉しさ：ureshisa），欣喜、快活之意。

017

冬夜其寒——化作
狐狸的僧人咬己身狸毛
為筆，書寫木葉經……

☆肌寒し己が毛を嚙む木葉経（1751-1757 間）

hadasamushi / ono ga ke o kamu / konowakyō

譯註：「木葉経」（konowakyō），書寫於樹葉上的經文。

018

雖已離異——
仍到他田裡
幫忙種稻

☆去られたる身を踏込で田植哉（1758）

sararetaru / mi o fungonde / taue kana

譯註：「去られたる」（sararetaru），離去、離異、斷絕關係之意；
「踏込で」（fungonde），踏入、踏進之意。

019

　　秋風吹過──
　　稻草人
　　原地晃動……

☆秋風のうごかして行案山子哉（1760）
akikaze no / ugokashite yuku / kagashi kana

譯註：此詩前書「雲裡坊有筑紫之旅，約我同行，我未能與之同
往」。渡邊雲裡坊（1693-1761），為芭蕉門人各務支考（1665-1731）
的弟子，和與謝蕪村相交，於1760年秋啟程遊歷筑紫，翌年4月27
日病逝。此詩為蕪村自剖心境之句，以秋風比漂泊、雲遊的雲裡
坊，以稻草人自喻。俳聖芭蕉一生告終於旅途，蕪村雖心嚮往之，
中年以後卻常居京都，以一隅為其天地，俯仰終宇宙，生命情調頗
有別於四方漂泊的芭蕉。「うごかして」（動かして：ugokashite），
搖動、移動；「案山子」（kagashi），稻草人。

020

　　墳場上一陣雨落：
　　布穀鳥啊，是送死者
　　到冥途的一升泣嗎？

☆一雨の一升泣やほととぎす（1761）

hitoame no / ichishōnaki ya / hototogisu

譯註：此俳句有題「墳場布穀鳥」。「ほととぎす」（時鳥／杜鵑／
郭公：hototogisu），即布穀鳥，據傳為經常往返於此世與冥界之
鳥。原詩中的「一升泣」（ichishōnaki），本意為雇葬儀社「哭喪女」
（泣き女）哭泣，付以一升米之酬。

021

　　春之海──
　　終日，悠緩地
　　起伏伏起

☆春の海終日のたりのたり哉（1763之前）

haru no umi / hinemosu notari / notari kana

譯註：「のたりのたり」（notari notari），緩慢起伏之意。

022

樸樹旁，
聽蟬聲鳴叫——幸得
半日之閑！

☆半日の閑を榎やせみの声（1766）

hanjitsu no / kan o enoki ya / semi no koe

譯註：此俳句有前書「寓居」。「榎」（enoki），即樸樹；「せみ」
（semi），即蟬。

023

採摘自家
園子裡的甜瓜
彷彿做賊一般

☆我園の眞桑も盗むこころ哉（1766）

waga sono no / makuwa mo nusumu / kokoro kana

譯註：「眞桑」（makuwa），即甜瓜；「こころ」（心：kokoro），想
法、情緒——意指有（做賊的）感覺。

024

　　大將賞瓜一粒，
　　士兵們溽夏
　　伸舌瓜分涼意

☆兵どもに大将瓜をわかたれし（1766）

heidomo ni / taishō uri o / wakata reshi

譯註：此首俳句「季題」（表示季節之詞）為「瓜」，屬夏季。直譯
大致為「大將讓瓜給小兵，眾兵欣然共享之」；「兵どもに」
（heidomo），士兵們之意。「わかた」（分かた：wakata），分、分享
之意。此詩取用了「勾踐投醪」的故事。越王勾踐率兵伐吳，有人
獻上一罈美酒，越王派人注入江之上流，讓士兵在下流同飲，江水
中並無多少酒之美味，但士兵士氣大振。蕪村此詩以「瓜」代酒——
熱天賞眾兵一瓜分食，共享涼意，此激勵士氣最高之策！

025

好細啊，武士的
衣帶——坐在
竹蓆上乘涼

☆弓取の帯の細さよたかむしろ（1766）

yumitori no / obi no hososa yo / takamushiro

譯註：「弓取」（yumitori），持弓的力士、武士；「たかむしろ」（竹
莚／竹蓆／簟：takamushiro），即竹蓆。

026

二十日行路——
雲峰，高聳於我
前屈的脊梁上

☆廿日路の背中に立や雲の峰（1766）

hatsukaji no / senaka ni tatsu ya / kumo no mine

譯註：與謝蕪村的時代，從江戶往京都的旅程，一趟約需十五日。
行路二十日，在當時算是極長途之旅，蕪村此詩生動描繪出身體因
疲憊而前屈的旅人之姿。「背中」（senaka），即脊背、脊梁。

027

　　被閃電
　　焚毀的小屋旁——
　　甜瓜花

☆雷に小屋はやかれて瓜の花（1766）

kaminari ni / koya wa yakarete / uri no hana

譯註：「やかれて」（燒かれて：yakarete），焚燒、焚毀。

028

　　守廟的老者，看著
　　逐漸朦朧的小草
　　——啊，夏月已升

☆堂守の小草ながめつ夏の月（1768）

dōmori no / ogusa nagametsu / natsu no tsuki

譯註：「ながめつ」（眺めつ：nagametsu），凝視、注視。

029

狩衣的袖子裡

螢火蟲閃爍

爬行……

☆狩ぎぬの袖の裏這ふほたる哉（1768）

kariginu no / sode no ura hau / hotaru kana

譯註：「狩ぎぬ」（狩衣：kariginu），日本平安時代以降，高官或武
士所穿的一種便服；「這ふ」（hau），爬；「ほたる」（螢：hotaru），
螢火蟲。

030

陣陣山風

吹下，

輕撫秧苗……

☆山おろし早苗を撫て行衛哉（1768）

yamaoroshi / sanae o nadete / yukue kana

譯註：「山おろし」（山嵐：yamaoroshi），從山上吹下之風；「行衛」
（yukue），即「行方」，去向、去處之意。

031

和尚撞開黃昏

鐘聲，以及

一簇簇罌栗花⋯⋯

☆入相を撞くも法師や芥子花（1768）

iriai o / tsuku mo hōshi ya / keshi hana

譯註：「入相」（iriai）即「入相の鐘」（iriai no kane），晚鐘之意。

032

猶疑是否

剪下一朵白蓮——

一名僧人

☆白蓮を切らんとぞ思ふ僧のさま（1768）

byakuren o / kiran to zo omou / sō no sama

譯註：「さま」（樣：sama），樣子、姿態之意。

033

> 為找樂子
> 我用草汁
> 在團扇上作畫

☆手すさびの団画かん草の汁（1768）

tesusabi no / uchiwa egakan / kusa no shiru

譯註：「手すさび」（手遊び：tesusabi），消遣、消閒、解悶之意；「団」（uchiwa），即「団扇」（團扇）。

034

> 石匠，停下來
> ——清水中
> 讓鑿刀冷卻

☆石工の鑿冷したる清水かな（1768）

ishikiri no / nomi hiyashitaru / shimizu kana

譯註：「鑿」（nomi），即鑿子、鑿刀。

035

石匠切石，火星
四射——點點
散落清水中……

☆石工の飛び火流るる清水かな（1768）
ishikiri no / tobihi nagaruru / shimizu kana

036

好酸的青梅啊——
讓美人
皺眉！

☆青梅に眉あつめたる美人哉（1768）
aoume ni / mayu atsumetaru / bijin kana

譯註：「あつめたる」（集めたる：atsumetaru），聚集、湊、擠、皺
之意。

46

037

　　鳥叫——
　　魚梁
　　水聲黯然

☆鳥叫て水音暮るる網代かな（1768）

tori naite / mizuoto kureruru / ajiro kana

譯註：「網代」（ajiro），即魚梁，一種用木樁、柴枝等製成籬笆或柵欄，置於河流或出海口處，用以捕魚的裝置；「暮るる」（kureruru），變暗之意。

038

　　蝸牛角
　　一長一短——
　　它在想啥？

☆蝸牛何思ふ角の長みじか（1768）

katatsumuri / nani omou tsuno no / naga mijika

譯註：「みじか」（mijika），即「短」。

039

　　大白天──蚊子
　　被酒香吸引
　　停落酒壺上

☆昼を蚊のこがれてとまる徳利かな（1768）

hiru o ka no / kogarete tomaru / tokkuri kana

譯註：「こがれて」（焦がれて：kogarete），渴望、嚮往之意；「と
まる」（止る／留る：tomaru），停留之意；「徳利」（tokkuri），酒
壺之意。

040

　　古井：
　　魚撲飛蚊──
　　暗聲

☆古井戸や蚊に飛ぶ魚の音くらし（1768）

furuido ya / ka ni tobu uo no / oto kurashi

譯註：「くらし」（暗し：kurashi），變暗、黯然。

041

留贈我香魚，
過門不入——
夜半友人

☆鮎くれてよらで過行夜半の門（1768）

ayu kurete / yorade sugiyuku / yowa no kado

譯註：「くれて」（呉れて：kurete），給、送之意；「よらで」（寄らで：yorade），順便、順路之意。

042

把背負著的笈放
下來——笈身先我感到
地震：夏日原野

☆おろし置笈に地震夏野哉（1768）

oroshi oku / oi ni naifuru / natsuno kana

譯註：「おろし」（下ろし／降ろし：oroshi），取下、卸下；「笈」（oi），裝書籍、衣物與旅行用品的背箱，塗黑漆的木器。

043

烏鴉稀，
水又遠——
蟬聲斷續……

☆烏稀に水又遠しせミの声（1768）
karasu mare ni / mizu mata tōshi / semi no koe
譯註：「せミ」（せみ：semi），即蟬。

044

溫泉水清
見我足——
今朝清秋

☆温泉の底に我足見ゆる今朝の秋（1768）
yu no soko ni / waga ashi miyuru / kesa no aki
譯註：「今朝の秋」（kesa no aki），指立秋日的早晨。

045

打了個噴嚏：
沒錯——
秋天真的來了！

☆秋来ぬと合点させたる嚏かな（1768）

aki kinuto / gaten sasetaru / kusame kana

譯註：「合点」（gaten），理解、同意之意。

046

一朵牽牛花
牽映出
整座深淵藍

☆朝顔や一輪深き淵の色（1768）

asagao ya / ichirin fukaki / fuchi no iro

譯註：此詩有前書「潤水湛如藍」。一輪（ichirin），一朵之謂。本
詩亦可直譯為——

牽牛花——
一輪
深淵色

047

月已西沉——
四五人
舞興仍酣……

☆四五人に月落ちかかるおどり哉（1768）

shigonin ni / tsuki ochikakaru / odori kana

譯註：「おどり」（をどり／踊り：odori），舞蹈、跳舞。

048

中風病者愛舞蹈——
一舞，病軀
盡忘……

☆おどり好中風病身を捨かねつ（1768）

odori suki / chūbū yamumi o / sute kanetsu

049

　　噢，蜻蜓——
　　我難忘的村落裡
　　牆壁的顏色

☆蜻蛉や村なつかしき壁の色（1768）

tonbo ya mura / natsukashiki / kabe no iro

譯註：「なつかしき」（懐かしき：natsukashiki），懷念的、難忘的。

050

　　在此人世
　　葫蘆自有其一席
　　安坐之地！

☆人の世に尻を居へたるふくべ哉（1768）

hitonoyo ni / shiri o suetaru / fukube kana

譯註：「ふくべ」（瓢／瓠：fukube），葫蘆；「尻」（shiri），屁股、臀部。

53

051

> 相撲敗北心
> 難平——以口反撲
> 枕邊怨不停

☆負まじき角力を寝ものがたり哉（1768）

makumajiki / sumai o / nemonogatari kana

譯註：此詩直譯大致為「枕邊談話——／那場相撲／他不該輸的……」。「負まじき」（makumajiki），「不可能會輸的」、「不該輸的」之意；「寝ものがたり」（寝物語：nemonogatari），意謂枕邊絮語、枕邊說個不停。

052

> 萩花初長的
> 野地裡——小狐狸
> 被什麼東西嗆到了？

☆小狐の何にむせけむ小萩はら（1768）

kogitsune no / nani ni musekemu / kohagihara

譯註：「むせけむ」（噎せけむ：musekemu），噎住、嗆到；「小萩はら」（小萩原：kohagihara），萩花初長的野地。

053

> 高台寺：
> 黃昏的萩花叢裡——
> 一隻鼬鼠

☆黃昏や萩にいたちの高台寺（1768）

tasogare ya / hagi ni itachi no / kōdaiji

譯註：「いたち」（鼬：itachi），即鼬鼠。

054

> 閃電映照，四海
> 浪擊——纍纍
> 結出秋津島……

☆稻妻や浪もてゆへる秋津島（1768）

inazuma ya / nami mote yueru / akitsushima

譯註：「稻妻」（inazuma），即閃電；「ゆへる」（結へる：yueru），
纏結、創構、景象結出之意；「秋津島」（akitsushima），為日本國古
稱。此詩彷彿是揣測日本列島如何誕生之「起源論」、「宇宙論」神
話／風景詩。條條閃電、巨浪，「白髮三千丈般」從天、從四方湧
來，纏縛、交合如一綹綹銀色粗繩，細結出（或細結起）大大小小
的日本列島。想像華美，畫面壯闊，堪比美芭蕉1689年所寫之
句——「夏之海浪盪：／大島小島／碎成千萬狀」（島々や千々に碎
きて夏の海）——啊，一是「創構」，一是「解構」。

055

中秋滿月——
男傭出門
丟棄小狗

☆名月にゑのころ捨る下部哉（1768）

meigetsu ni / enokoro sutsuru / shimobe kana

譯註：「ゑのころ」（犬子：enokoro），小狗；「下部」（shimobe），
下人、傭人之意。

056

月到天心處
——清心
行過窮市鎮

☆月天心貧しき町を通りけり（1768）

tsuki tenshin / mazushiki machi o / tōrikeri

譯註：北宋邵雍（1011-1077）有詩〈清夜吟〉——「月到天心處，
風來水面時。一般清意味，料得少人知」。「天心」（tenshin），謂天
空中央；「通りけり」（tōrikeri），通行、行過之意。

057

　　刻在櫻樹上的忠臣

　　之詩，哀哉，被怪啄木鳥

　　啄毀且拉屎其上……

☆桜木の詩を屎にこくてらつつき（1768）

sakuragi no / shi o kuso ni koku / teratsutsuki

譯註：日本鎌倉時代末期至南北朝時代活躍的武將兒島高德，曾潛
入後醍醐天皇於院莊（今岡山縣津山市）行宮，在櫻樹上刻下一誓
忠之詩──「天莫空勾踐，時非無范蠡」。「こく」（刻：koku），
刻、雕刻；「てらつつき」（寺啄：teratsutsuki），傳說中形如啄木鳥
的怪鳥，憎恨佛法，每刺啄、破壞廟柱。蕪村此俳句將忠臣之詩與
啄木鳥之「屎」（くそ：kuso）混為一談，的確頗搞笑、kuso！

058

逆狂風而馳──
五六名騎兵
急奔鳥羽殿

☆鳥羽殿へ五六騎いそぐ野分哉（1768）

tobadono e / gorokki isogu / nowaki kana

譯註：鳥羽殿，位於洛南鳥羽（今京都市伏見區）之離宮。平安時代後期，應德三年（1086）時白河天皇開始營造，完成於鳥羽天皇時。「いそぐ」（急ぐ：isogu），急、快；「野分」（nowaki），狂風、颱風。

059

鸛鳥的巢
被魚梁困住了──
秋末狂風

☆鸛の巣の網代にかかる野分かな（1768）

kō no su no / ajiro ni kakaru / nowaki kana

譯註：「かかる」（掛る／係る：kakaru），上鉤、落網、落在其中之意。

060

　　遠遠近近

　　遠遠近近

　　擣衣的聲音……

☆遠近をちこちと打つ砧哉（1768）

ochikochi / ochikochi to utsu / kinuta kana

譯註：「をちこち」（遠近／彼方此方：ochikochi），遠近、到處之
意。

061

　　枕上——一把刀

　　守著，不讓

　　秋夜靠近

☆枕上秋の夜を守る刀かな（1768）

makuragami / aki no yo o moru / katana kana

062

　　唐人啊，
　　此花過後猶有
　　月！

☆唐人よ此花過てのちの月（1768）

karabito yo / kono hana sugite / nochi no tsuki

譯註：此詩有前書「賞十三夜之月，乃我日本之風流也」。十三夜之
月，指陰曆九月十三的月亮，日人在八月十五之後猶有賞「十三夜
之月」之俗，與唐土頗不同。「此花」為菊花之雅稱，唐詩人元稹有
句「不是花中偏愛菊，此花開盡更無花」。「のち」（後：nochi），
後、之後。

063

　　去來去矣，
　　移竹移矣──來去
　　住移已幾秋？

☆去来去り移竹移りぬ幾秋ぞ（1768）

kyorai sari / ichiku utsurinu / iku aki zo

譯註：此俳句有前文「思古人移竹」，用兩位俳人的名字巧妙成詩。
向井去來（1651-1704），江戶時代前期俳人，松尾芭蕉弟子，「蕉門
十哲」之一。田川移竹（1710-1760），江戶時代中期俳人，私淑向
井去來。

064

　　狸叩我
　　門──與我
　　同惜秋

☆戸を叩く狸と秋を惜しみけり（1768）

to o tataku / tanuki to aki o / oshimikeri

譯註：「狸」（たぬき：tanuki），即貉或貉子，犬科動物，棕灰色
毛，短腿大尾巴。

065

　　秋暮──
　　心頭所思唯
　　我父我母

☆父母のことのみおもふ秋のくれ（1768）

chichihaha no / koto nomi omou / aki no kure

譯註：原詩可作「父母の／事のみ思ふ／秋の暮」。「のみ」
（nomi），只有、唯獨；「思ふ」（omou），思念、關心。

066

初冬陣雨——
楠樹的根，靜靜浸
潤著……

☆楠の根を靜にぬらすしぐれ哉（1768）

kusu no ne o / shizuka ni nurasu / shigure kana

譯註：「ぬらす」（濡らす：nurasu），浸濕之意；「しぐれ」（時雨：
shigure），初冬陣雨。

067

冬川——
佛花
流去……

☆冬川や佛の花の流れ去（1768）

fuyukawa ya / hotoke no hana no / nagare kuru

譯註：「佛の花」（hotoke no hana），指拜佛時祭獻的花。

068

> 初冬欲訪友，
> 卻見所思那人
> 出門來訪我

☆初冬や訪はんと思ふ人来ます（1768）

hatsufuyu ya / to hanto omou / hito kimasu

譯註：「はんと」（半途：hanto），在途中、在出發的路上。

069

> 小道——
> 幾乎被落葉
> 掩埋了⋯⋯

☆細道を埋みもやらぬ落葉哉（1768）

hosomichi o / uzumimo yaranu / ochiba kana

譯註：「やらぬ」（yaranu），還不十分、尚未完全之意。

070

伊人棄我去
——彼夜，川上千鳥
機伶地悲鳴

☆ふられたる其夜かしこし川千鳥（1768）

furaretaru / sonoyo kashikoshi / kawachidori

譯註：「ふられたる」（振られたる：furarertau），被拋棄、被甩；「かしこし」（賢し：kashikoshi），伶俐的、周到的、適切的——意謂我被所戀的人拋棄那夜，千鳥靈巧、周到地以悲鳴作我內心傷痛的背景音樂。

071

大兵小睡——
苦矣，
被子太短！

☆大兵のかり寝あはれむ蒲団哉（1768）

daihyō no / karine awaremu / futon kana

譯註：「かり寝」（仮寝：karine），假寐、小睡；「あはれむ」（哀れむ、憐れむ：awaremu），哀哉、苦哉、可憐哉。

072

初冬陣雨——
眼前物
漫漶成舊時景……

☆目前をむかしに見する時雨哉（1768）
menomae o / mukashi ni misuru / shigure kana
譯註：「むかし」（昔：mukashi），往昔、從前。

073

寒風急急
何以為生——
這五戶人家

☆こがらしや何に世わたる家五軒（1768）
kogarashi ya / nanini yowataru / ie goken
譯註：「こがらし」（木枯らし：kogarashi），秋末初冬刮的寒風；「世
わたる」（世渡る：yowataru），渡世、過日子。

074

　　那女子，促狹地
　　給賣炭人一面鏡子——
　　照他的炭臉

☆炭うりに鏡見せたる女かな（1768）
sumiuri ni / kagami misetaru / onna kana
譯註：「炭うり」（炭売：sumiuri），賣炭者。

075

　　學針灸的書生，以
　　海參為箭靶
　　練習針灸

☆生海鼠にも鍼試むる書生哉（1768）
namako nimo / hari kokoromuru / shosei kana
譯註：「生海鼠」（namako），即海參。

076

> 煤球像黑衣法師——
> 從火桶之窗
> 以紅眼偷窺

☆炭団法師火桶の窓より覗ひけり（1768）

tadonhōshi / hioke no mado yori / ukagaikeri

譯註:「炭団法師」（tadonhōshi），意即煤球;「より」（yori），自、從之意;「覗ひけり」即「窺ひけり」（ukagaikeri），偷窺之意。

077

> 寒月——
> 寺無門
> 天高

☆寒月や門なき寺の天高し（1768）

kangetsu ya / mon naki tera no / ten takashi

譯註:原詩可作「寒月や／門無き寺の／天高し」。「寒月」（kangetsu），冬季皎潔之月;「なき」（無き:naki），無。

078

　　家家燈

　　火影，映現

　　雪屋中

☆宿かさぬ灯影や雪の家つづき（1768）

yado kasanu / hokage ya yuki no / ie tsuzuki

譯註：此詩以冬夜流浪屋外的旅人或乞者視角，寫雪屋內家家戶戶
入門各自媚的情景。「かさぬ」（重ぬ：kanasu），重疊、反覆之意；
「つづき」（続き：tsuzuki），接連著之意——「家つづき」，即一家
接一家。

079

　　為看歌舞伎新演員公演

　　——啊，暫別阿妹

　　溫香暖被！

☆貌見世や夜着を離るる妹が許（1768）

kaomise ya / yogi o hanaruru / imo ga moto

譯註：日語「貌見世」（kaomise），或稱「顔見世」，指歌舞伎新簽
約演員之初次登台亮相，為歌舞伎公演之年度盛事。「夜着」
（yogi），被子；「許」（moto），之處、住處之意。

080

　　山風吹來！捕鯨船

　　一支魚鏢、兩支魚鏢上

　　旗幟，飄飄然揚起

☆山颪一二の銛の幟かな（1768）

yamaoroshi / ichini no mori no / nobori kana

譯註：「山颪」（yamaoroshi），從山上吹下之風；「銛」（もり：mori），即魚鏢，捕魚的器具。此詩描繪捕鯨業者的探鯨船隊，出港發現鯨群後在船首立起綁上旗子的魚鏢通報大家，歸航時強勁山風吹來，魚鏢上的旗幟翩然飄動⋯⋯

081

　　寒冬唸佛聲──

　　逐漸進入

　　窄巷弄

☆細道になり行声や寒念佛（1768）

hosomichi ni / nariyuku koe ya / kannembutsu

譯註：「細道」（hosomichi），小道、窄路；「なり行」（成り行く：nariyuku），逐漸移向之意；「寒念佛」（kannembutsu），本指寒冬三十日裡僧侶們在山野裡高聲唸佛，後亦指信徒們冬日寒夜裡敲鑼唸佛，到各家各戶門前乞求布施。

082

用一粒米飯
黏補紙衣上的
小破洞

☆めしつぶで紙子の破れふたぎけり（1768）

meshitsubu de / kamiko no yabure / futagikeri

譯註：「めしつぶ」（meshitsubu），即「飯粒」；「紙子」（kamiko），
即紙衣，用日本紙做成的輕且保溫性佳的衣服，常為貧窮人家所
用；「ふたぎ」（塞ぎ：futagi），塞住、堵住。

083

半壁斜陽
映在紙衣袖上──啊
彷彿錦緞

☆半壁の斜陽紙子の袖の錦かな（1768）

hanken no shayō / kamiko no sode no / nishiki kana

084

茶樹之花：

是白，是黃──

難說矣……

☆茶の花や白にも黃にもおぼつかな（1768）

cha no hana ya / shiro nimo ki nimo / obotsukana

譯註：「おぼつかな」（覚束な：obotsukana），沒把握、不確定之意。

085

和尚咕嘟咕嘟

欣欣然喝著

納豆湯……

☆入道のよよとまいりぬ納豆汁（1768）

niyūdō no / yoyoto mairinu / nattōjiru

譯註：「よよと」（yoyoto），形容咕嘟咕嘟喝湯的樣子；「まいりぬ」
（参りぬ：mairinu），吃、喝（尊敬用語）；「納豆汁」（nattōjiru），
納豆加味噌汁煮成的湯。

086

> 暴風雪──「啊，
> 讓我過一夜吧！」
> 他丟下刀劍……

☆宿かせと刀投出す雪吹哉（1768）

yadokase to / katana nagedasu / fubuki kana

譯註：「宿かせ」（宿仮せ：yadokase），借一宿之意；「雪吹」（fubuki），暴風雪之意。。

087

> 雷電來了還可以
> 躲到櫥櫃裡──年尾
> 到了，無處躲債主！

☆雷は戸棚もあるを年のくれ（1768）

kaminari wa / todana mo aru o / toshinokure

譯註：「戸棚」（todana），櫥櫃；「ある」（aru），有、在之意；「年のくれ」（年の暮れ：toshinokure），歲暮、年尾。

088

　　繁花之春——
　　小腿白皙的侍從們都
　　跑出來，四下走動

☆臑白き從者も見へけり花の春（1769）

sune shiroki / zusa mo miekeri / hana no haru

譯註：此詩有題「元日」。平常在宮廷或官府擔任扈從，沒有機會被人看見的這些「白腿」階級，新年期間都出來四下「曝光」——非常有趣！「臑」（sune），小腿之意。

089

　　高麗船
　　不靠岸
　　駛入春霧中……

☆高麗舟のよらで過ゆく霞かな（1769）

komabune no / yorade sugiyuku / kasumi kana

譯註：「よらで」（寄らで：yorade），靠近、挨近之意；「過ゆく」（過行く：sugiyuku），通過、路過之意。

090

風箏輕飄於
昨日另一隻風箏
飛過的天空一角

☆凧きのふの空のありどころ（1769）

ikanobori / kinō no sora no / aridokoro

譯註：「凧巾」即「凧」（いかのぼり：ikanobori），風箏；「きのふ」（kinō），昨日；「ありどころ」（在り処：aridokoro），所在處。

091

春雨——屋頂上
浸泡雨中的是
孩子們玩的手毬

☆春雨にぬれつつ屋根の毬哉（1769）

harusame ni / nuretsutsu yane no / temari kana

譯註：「ぬれつつ」（濡れつつ：nuretsutsu），淋濕、浸泡之意；「毬」即「手毬」（てまり：temari），又稱手鞠球，用手拍著玩的線球，乃日本傳統玩具。

092

　　梅花
　　開遍原野路——非紅
　　亦非白

☆野路の梅白くも赤くもあらぬ哉（1769）
noji no ume / shiroku mo akaku mo / aranu kana

093

　　年假回家——
　　小紅豆炊煮中
　　一場黃粱夢

☆藪入の夢や小豆の煮える中（1769）
yabuiri no / yume ya azuki no / nieru uchi

譯註：「藪入」（やぶいり：yabuiri），正月或盂蘭盆節，傭人請假回家的日子。此處為正月新年放假。新年期間有煮粥吃之慶祝之習。唐人有黃粱夢，此處是小紅豆炊煮中夢黃粱。

094

　　不二山風——
　　一吹
　　十三州柳綠……

☆不二颪十三州の柳かな（1769）

fuji oroshi / jūsan shū no / yanagi kana

譯註：「不二」（ふじ：fuji），即「富士山」。「十三州」即「富士見
十三州」，看得見富士山的日本十三個州。

095

　　君將去——
　　思念隨楊柳綠意
　　更行更遠更長……

☆君行や柳綠に道長し（1769）

kimi yuku ya / yanagi midori ni / michi nagashi

096

> 就這裡——
> 小徑消沒於
> 水芹中

☆これきりに小道つきたり芹の中（1769）

korekiri ni / komichi tsukitari / seri no naka

譯註：「これきり」（此れ切り：korekiri），這就是全部、就到這裡為止；「つきたり」（尽きたり：tsukitari），盡頭、終結。

097

> 古庭院裡
> 一隻茶刷——
> 啊，燦開的茶花

☆古庭に茶筅花咲く椿かな（1769）

furuniwa ni / chasen hanasaku / tsubaki kana

譯註：此詩有題「在隱士居處」。「茶筅」（chasen）即茶刷，做抹茶時用來攪和茶湯使其起泡的竹製道具。

098

　　春雨——

　　剛好足以打濕

　　小沙灘上的小貝殼……

☆春雨や小磯の小貝ぬるるほど（1769）

harusame ya / koiso no kogai / nururu hodo

譯註：「濡るる」（ぬるる：nururu），濕潤、濕濡；「ほど」（程：
hodo），程度、地步。

099

　　踩著

　　山鳥的尾巴——春天的

　　落日

☆山鳥の尾をふむ春の入日哉（1769）

yamadori no / o o fumu haru no / irihi kana

譯註：山鳥（yamadori），尾巴極長，經常出現於日本古典詩歌
中——譬如《萬葉集》歌聖柿本人麻呂此作——「像山鳥長長長長
下垂的尾巴／這長長的秋夜／我一人／獨／眠」（あしびきの山鳥の
尾のしだり尾の長々し夜をひとりかも寝む）。「ふむ」（fumu），踏
著、踩著之意；「入日」（irihi），落日。

78

100

> 櫻花散盡──
> 禿枝與禿枝間
> 廟宇現形

☆花ちりて木の間の寺と成にけり（1769）

hana chirite / konoma no tera to / narinikeri

譯註：此首蕪村五十四歲時之作，頗有意思。櫻花盛放時，遊客如織、香火鼎盛的廟堂被團團花雲籠罩，所見惟繁花與繁華。繁華落盡後，禿枝之間，一座無人上門、寂靜無聲的寺廟原形畢露。蕪村前輩上島鬼貫（參見本書第457首）有一名句──「櫻花散盡，／重歸清閒、無聊──／啊，園城寺」（花散りて又閑かなり園城寺）。園城寺，俗稱三井寺，位於今滋賀縣大津市，日本四大佛寺之一。「ちりて」（散りて：chirite），散落、凋謝。

101

> 春去也──和歌作者
> 恨編選者
> 割愛退稿！

☆行春や撰者をうらむ歌の主（1769）

yuku haru ya / senja o uramu / uta no nushi

譯註：「うらむ」（恨む／怨む：uramu），怨恨。

102

　　春去也——
　　我那副不合眼的眼鏡
　　不見了

☆行春や眼に合ぬめがね失ひぬ（1769）

yuku haru ya / me ni awanu megane / ushinainu

譯註：「合ぬ」（awanu），「不合」之意；「めがね」（megane），即「眼
鏡」。

103

　　春天最後一日
　　我以漫步
　　送別

☆けふのみの春を歩ひて仕舞けり（1769）

kyō nomi no / haru o aruite / shimaikeri

譯註：「けふ」（kyō），今日；「のみ」（nomi），只有、唯獨——「今
日のみの春」（kyō nomi no haru）意即春天只剩今天；「仕舞けり」
（shimaikeri），結束、終了。

104

春夜——
露出白皙的臂肘假寐的
僧人……

☆肘白き僧の仮寐や宵の春（1769）

hiji shiroki / sō no karine ya / yoi no haru

105

春夜——啊，當
秉燭清遊於千宗左
茶香隱約的庭園

☆春の夜や宗佐の庭を歩行けり（1769）

haru no yo ya / sōsa no niwa o / arukikeri

譯註：此詩日文原作中的宗佐，即千宗左（1613-1672，亦稱江岑宗佐），江戶前期茶人，茶道流派「表千家」之祖。李白〈春夜宴桃李園序〉中說「古人秉燭夜遊，良有以也」，蕪村欣羨之，將之俳諧化為「春夜步行、清遊於宗佐之庭……」。

106

　　埋伏著的武士——
　　一隻蝴蝶，棲息在
　　他盔下護頸上

☆伏勢の錣にとまる胡蝶哉（1769）

fusezei no / shikoro ni tomaru / kochō kana

譯註：「錣」（しころ：shikoro），頭盔下的護頸；「とまる」（止まる／停まる：tomaru），停留、棲息。

107

　　大寺櫻花秀色
　　人飽餐——可惜
　　齋食飯菜少……

☆大寺にめしの少き桜哉（1769）

ōtera ni / meshi no sukunaki / sakura kana

譯註：「めし」（meshi），即「飯」。

108

紫藤花開的茶屋
——走進一對
形跡可疑的夫婦

☆藤の茶屋あやしき夫婦休けり（1769）

fuji no chaya / ayashiki meoto / yasumikeri

譯註：「あやしき」（怪しき：ayashiki），可疑、奇怪之意；「休けり」
（休みけり：yasumikeri），進來休息之意。

109

梨樹開花——
女子在月下
讀信

☆梨の花月に書ミよむ女あり（1769）

nashi no hana / tsuki ni fumi yomu / onna ari

譯註：「書ミ」（ふみ：fumi），信、書信之意；「よむ」（読む：
yomu），讀、看之意。

110

更衣日——
原野路上，旅人們
點點白色

☆更衣野路の人はつかに白し（1769）

koromogae / noji no hito / hatsuka ni shiroshi

譯註：此詩有題「眺望」。江戶時代陰曆四月一日為「更衣」
（koromogae）日，脫下棉袍，改穿夏衣。「はつか」（僅か：
hatsuka），僅、微、一點點。此詩為5-5-7音節、不合傳統俳句格律
的「破調句」。

111

換了輕快的夏衣——
兩個小和尚出來買
隨身攜帶的藥盒

☆更衣印籠買に所化二人（1769）

koromogae / inrō kai ni / shoke futari

譯註：「印籠」（いんろう：inrō），指裝藥的小藥盒；「所化」（しょ
け：shoke），指僧侶的弟子、小和尚。

112

　　攻無不克的

　　新葉的綠政權──唯獨

　　富士峰未淪陷

☆不二ひとつうづみ残して若葉かな（1769）

fuji hitotsu / uzumi nokoshite / wakaba kana

譯註：「不二」（fuji），指富士山；「ひとつ」（一つ：hitotsu），一、
唯獨之意；「うづみ」（埋み：uzumi），淹沒、覆滿之意；「若葉」
（wakaba），嫩葉、新葉。此詩謂春天新發的嫩葉攻佔各處山野，唯
獨富士山頂積雪仍在，未「淪陷」。

113

　　牡丹花落──

　　兩三片

　　交疊

☆牡丹散て打かさなりぬ二三片（1769）

botan chirite / uchikasanarinu / nisanpen

譯註：「打かさなりぬ」（打重なりぬ：uchikasanarinu），重疊、堆
疊之意。

114

> 閻羅王張口
> 吐舌──吐出
> 一朵牡丹花

☆閻王の口や牡丹を吐んとす（1769）

enmao no / kuchi ya botan o / hakantosu

譯註：此詩有前書「波翻舌本吐紅蓮」。白居易〈遊悟真寺詩
一百三十韻〉有句「身壞口不壞，舌根如紅蓮」。

115

> 把一隻螢火蟲
> 放進蚊帳裡飛
> ──一樂也！

☆蚊屋の內にほたるはなしてアア楽や（1769）

kaya no uchi ni / hotaru hanashite / aa raku ya

譯註：「ほたる」（螢：hotaru），螢火蟲；「はなして」（放して：
hanashite），放、放開之意。

116

夏夜短暫——
毛毛蟲身上
顆顆露珠……

☆みじか夜や毛虫の上に露の玉（1769）

mijikayo ya / kemushi no ue ni / tsuyu no tama

譯註：「みじか夜」（短夜：mijikayo），夏天的短夜、夏夜。

117

夕顏——
嚼著花朵的貓
另有所思

☆夕顔の花噛ム猫や余所ごころ（1769）

yūgao no / hana kamu neko ya / yosogokoro

譯註：「余所ごころ」（余所心：yosogokoro），冷淡的心、疏遠的心——心不在焉，另有所思之意。

118

夕顏花開——
插著一把腰刀的武士
在後巷裡走來走去

☆夕がおや武士一腰の裏つづき（1769）

yūgao ya / bushi hito koshi no / ura tsuzuki

譯註：「夕がお」（夕顏：yūgao），夕顏（花）；「つづき」（続き：tsuzuki），繼續、接連不斷之意。

119

月光清皎
照瓜棚——可有
逸士隱其中？

☆瓜小家の月にやおはす隱君子（1769）

urigoya no / tsuki ni ya owasu / inkunshi

譯註：「おはす」（御座す：owasu），「在焉」、「在那裡」一語的尊敬說法。

120

　　秋風中遲吹來的
　　——是
　　秋天的風哪⋯⋯

☆秋風におくれて吹や秋の風（1769）

akikaze ni / okurete fuku ya / aki no kaze

譯註：「おくれて」（後れて／遅れて：okurete），遲、晚之意。

121

　　一顆顆白露——
　　在野薔薇的
　　刺上

☆白露や茨の刺にひとつづつ（1769）

shiratsuyu ya / ibara no hari ni / hitotsuzutsu

譯註：「茨」（ibara），野薔薇；「ひとつづつ」（一つづつ：
hitotsuzutsu），一顆顆、一個個之意。

122

　　啊，菊花露滴滴

　　濕濡此硯——給它書寫的

　　血氣，給它命！

☆菊の露受けて硯の命かな（1769）

kiku no tsuyu / ukete suzuri no / inochi kana

123

　　秋夜漫漫——

　　山鳥，左右腳輪替，

　　踏在枝上

☆山鳥の枝踏かゆる夜長哉（1769）

yamadori no / eda fumi ka yuru / yonaga kana

譯註：「ゆる」（搖る：yuru），搖晃、搖動——意指山鳥尾巴長而
重，秋夜漫漫，要久久固定於樹枝上實不易，須不時讓兩腳交替踏
在枝上。

124

寫詩乞雨的美女
小町之果──
秋田稻熟水盡排……

☆雨乞の小町が果やおとし水（1769）

amagoi no / komachi ga hate ya / otoshimizu

譯註：小野小町是日本平安時代傳奇女詩人，《古今和歌集》六歌仙之一，據說曾奉聖旨作乞雨詩。她是絕世美女，晚年傳說淪為老醜乞丐。小町乞雨止旱，讓水稻長成，然秋日豐熟收割前須先盡放田中水──一如美女終老為醜丐，此即乞雨小町之果乎？俳聖松尾芭蕉有一首十四音節的連歌付句「浮生盡頭皆小町」（浮世の果ては皆小町なり），亦為詠小町之作。「おとし水」（落し水：otoshimizu），排出的水，割水稻前田裡放掉的水。

125

晨霧也包不住的──
千軒之村
市場聲……

☆朝霧や村千軒の市の音（1769）

asagiri ya / mura senken no / ichi no oto

譯註：「軒」（ken），房屋、住宅之意。

126

晨霧中──
打樁聲
丁丁響……

☆朝霧や杭打音丁々たり（1769）

asagiri ya / kuize utsu oto / tōtōtari

譯註：「杭」（kuize），樁子、木樁；「丁々」（tōtō），連續擊打物體發出「丁丁」的聲響；「たり」（tari），表示動作持續進行的助動詞。

127

晨霧朦朧如畫──
畫中，人來人往
如在夢中……

☆朝霧や画にかく夢の人通り（1769）

asagiri ya / e ni kaku yume no / hitodōri

譯註：「かく」（描く／画く：kaku），繪、畫。

128

　　十分合
　　舂臼之心──
　　啊，落葉

☆舂臼の心落つく落葉哉（1769）

tsukiusu no / kokoro ochitsuku / ochiba kana

譯註：落葉落入臼中，讓舂臼（中間下凹的舂米器具）心滿意足……

129

　　西邊風吹來
　　東邊相聚首──
　　片片落葉

☆西吹けば東にたまる落葉かな（1769）

nishi fukeba / higashi ni tamaru / ochiba kana

譯註：「たまる」（溜まる／貯まる：tamaru），積堆、積存之意。

130

> 枯黃草地——
> 狐狸信差
> 快腳飛奔而過

☆草枯れて狐の飛脚通りけり（1769）

kusa karete / kitsune no hikyaku / tōrikeri

譯註：「飛腳」（hikyaku），信差、信使，相當於今日的「快遞」；「通りけり」（tōrikeri），來往、通行之意。

131

> 老鼠踏過
> 菜碟上的聲音——
> 冷啊

☆皿を踏鼠の音のさむさ哉（1769）

sara o fumu / nezumi no oto no / samusa kana

譯註：原詩可作「皿を踏／鼠の音の／寒さ哉」。「さむさ」（寒さ：samusa），冷、寒冷之意。

132

　　一根蔥
　　順易水而下——
　　寒兮

☆易水に蔥流るる寒哉（1769）

ekisui ni / nebuka nagaruru / samusa kana

譯註：與謝蕪村寫此詩時，心中一定閃現著〈易水歌〉中的名句——
「風蕭蕭兮易水寒，壯士一去兮不復還」。

133

　　薄刃菜刀掉落
　　井裡——啊
　　讓人脊背發冷

☆井のもとへ薄刃を落す寒さ哉（1769）

i no moto e / usuba o otosu / samusa kana

譯註：「もと」（下：moto），底下之意；「薄刃」（usuba），即薄刃
的菜刀。

134

屋子裡紫色
若隱若現──
美人的頭巾⋯⋯

☆紫の一間ほのめく頭巾かな（1769）

murasaki no / hitoma honomeku / zukin kana

譯註：「ほのめく」（仄めく：honomeku），隱約露出之意。

135

冬籠──
像玩捉迷藏般
躲開妻兒

☆冬ごもり妻にも子にもかくれん坊（1769）

fuyugomori / tsuma nimo ko nimo / kakurenbo

譯註：冬季大雪，深鎖家中（「冬籠」：fuyugomori），無處可躲，
為求個人私密空間，不得不設法躲開妻兒。此詩可與本書第328首
（「夏日炎炎──／坐在簷下，避開／妻子、孩子！」）對照閱讀。
「かくれん」（隱れん：kakuren），隱藏、躲藏、玩捉迷藏的；「坊」
（bo），鄙人、我、在下。

136

鼬鼠偷看
古池中
一對鴛鴦

☆鴛や鼬の覗く池古し（1769）

oshidori ya / itachi no nozoku / ike furushi

137

初冬寒風中──讀碑的
　孤
　　僧

☆凩や碑をよむ僧一人（1769）

kogarashi ya / ishibumi o / yomu sō hitori

譯註：「凩」（木枯らし：kogarashi），秋末初冬刮的寒風；「よむ」
（読む：yomu），讀、看之意。

138

　　一隻草鞋沉入

　　古池──

　　雨雪飄飄⋯⋯

☆古池に草履沈ミてみぞれ哉（1769）

furuike ni / zōri shizumite / mizore kana

譯註：「みぞれ」（霙：mizore），夾著雨的雪、雨雪。

139

　　打火石擊燃起

　　火花──寒梅

　　兩三朵

☆寒梅やほくちにうつる二三輪（1769）

kanbai ya / hokuchi ni utsuru / nisanrin

譯註：「ほくち」（火口：hokuchi），即「火絨」，用以移取打火石打出之火的工具；「うつる」（移る／映る：utsuru），轉移／映照之意。

140

茶花飄落，
濺出
昨日之雨……

☆椿折てきのふの雨をこぼしけり（1770）

tsubaki orite / kinō no ame o / koboshikeri

譯註：此詩讓人想到小林一茶1792年的俳句「牡丹花落，／濺出／昨日之雲雨……」（散ぼたん昨日の雨をこぼす哉）。「こぼしけり」（零れしけり／溢れしけり：koboshikeri），溢出、濺出。

141

名馬木下四蹄
輕快揚起風——
樹下落櫻紛紛

☆木の下が蹄の風や散桜（1770）

konoshita ga / hizume no kaze ya / chiru sakura

譯註：此詩有題「風入馬蹄輕」（出自杜甫〈房兵曹胡馬詩〉中之句「竹批雙耳峻，風入四蹄輕」）。「木下」（木の下：konoshita）為平安時代末期武士源賴政之子源仲綱的愛馬之名，此詩中一語雙關，亦用來指櫻花樹下。蕪村此詩交融馬、風、樹下之櫻，甚為曼妙。

142

何須沾墨擲筆補上
那一點——看，一隻
燕子正落在那裡！

☆擲筆の墨をこぼさぬ乙鳥哉（1770）
teki hitsu no / sumi o kobosanu / tsubame kana

譯註：此詩化用空海大師（774-835）軼事，傳說他書寫「應天門」
之額時，漏寫了「應」字上的一點，乃以筆沾墨，投擲補之。「こぼ
さぬ」（零さぬ：kobosanu），掉、落之意；「乙鳥」（tsubame），即
燕子。

143

紫藤花——
雲梯般
通向天際……

☆藤の花雲の梯かかるなり（1770）
fuji no hana / kumo no kakehashi / kakarunari

譯註：「かかる」（掛る／懸る／架かる：kakaru），垂掛、懸掛、架
起之意。

100

144

　　有些昨日飛離，

　　有些今日飛離——

　　啊，今夜已無雁群

☆きのふ去ニけふいに鴈のなき夜哉（1770）

kinō ini / kyō ini kari no / naki yo kana

譯註：原詩可作「昨日去に／今日去に鴈の／無き夜哉」。「きのふ」
（kinō），昨日；「けふ」（kyō），今日；「いに」（去に：ini），離去；
「なき」（無き：naki），「無」之意。

145

　　被赦免死刑的這對

　　男女，脫下棉袍，改穿

　　夏衣——成為夫婦

☆御手討の夫婦なりしを更衣（1770）

oteuchi no / meoto narishi o / koromogae

譯註：陰曆四月一日為更衣日。對詩中這對因私通，而被判死刑
（「御手討」：oteuchi）的男女而言，此日既是改穿夏衣的「更衣」
日，也是起死回生的「更新」日。「夫婦なりし」（meoto narishi），
意為成為夫婦。

146

夏夜短暫——
枕邊漸
亮：銀屏風

☆みじか夜や枕にちかき銀屏風（1770）

mijikayo ya / makura ni chikaki / ginbyōbu

譯註：「みじか夜」（短夜：mijikayo），夏天的短夜、夏夜；「ちか
き」（近き：chikaki），接近、快要、近似、近乎之意。

147

夏夜短暫——
隸卒們
在河邊解手

☆みじか夜や同心衆の河手水（1770）

mijikayo ya / dōshinshū no / kawachōzu

譯註：「同心」（dōshin），下級官吏、隸卒；「河手水」（kawachōzu），
在河邊解手、如廁。

148

　　人妻——
　　佯看蝙蝠，隔著巷子
　　目光勾我……

☆かはほりやむかひの女房こちを見る（1770）

kawahori ya / mukai no nyōbō / kochi o miru

譯註：「かはほり」（kawahori），即「蝙蝠」；「むかひ」（向かひ：mukai），（街或巷子）對面的；「女房」（nyōbō），人妻；「こち」（此方：kochi），這邊——意謂向我這邊看。

149

　　人妻拂曉
　　即起，看雨濕
　　庭院水蓼……

☆人妻の暁起や蓼の雨（1770）

hitozuma no / akatsuki oki ya / tade no ame

譯註：「蓼」（tade），即「水蓼」，一年生直立草本植物，別名「辣蓼」。此詩似寫一大早起來到庭院看她所種的「水蓼」的人妻之姿。

150

窗戶燈光升上
樹梢──啊，
是嫩葉在發亮！

☆窓の燈の梢にのぼる若葉哉（1770）

mado no hi no / kozue ni noboru / wakaba kana

譯註：「のぼる」（上る／昇る：noboru），上升之意。是窗戶燈光
射向樹梢讓嫩葉發亮，或者嫩葉自己鮮亮發光，無須窗燈照？

151

摘採梶樹葉，
夾在《和漢朗詠集》
作書籤

☆梶の葉を朗詠集のしをり哉（1770）

kajinoha o / rōeishū no / shiori kana

譯註：此詩有題「七夕」。日本往昔七夕時，有書寫詩或祝願之語於
七枚梶樹（即構樹）葉上之俗。《和漢朗詠集》，日本平安時代中期
由藤原公任所編，收錄漢詩、漢文與和歌的詩文選集，約成於1013
年。「しをり」（枝折り／栞：shiori），書籤之意。

152

　　月夜將盡——

　　貓啊，杓子啊……大家

　　一起來跳舞

☆月更て猫も杓子も踊りかな（1770）

tsukifukete / neko mo shakushi mo / odori kana

譯註：蕪村在此詩中用了日本的成語「猫も杓子も」（neko mo shakushi mo）——直譯為「貓啊，還有杓子啊……」，有「你啊，我啊，他啊……大家一起來」之意。

153

　　狂舞罷

　　求水潤喉：輕敲

　　草庵門

☆水の能庵おたたく踊哉（1770）

mizu no yoki / iori o tataku / odori kana

譯註：「能」（yoki），「別無他法只能如此求之」之意；「たたく」（扣く／敲く：tataku），敲、扣之意。

154

相撲力士歸故里
——頭差一點撞到
門框

☆天窓うつ家に帰るや角力取（1770）

atama utsu / ienikaeru ya / sumōtori

譯註：「天窓」（atama），即「頭」；「うつ」（打つ：utsu），撞、碰
之意；「角力取」（sumōtori），相撲力士。

155

相撲力士旅途上
遇到以柔指克剛的
家鄉盲人按摩師

☆故さとの坐頭に逢ふや角力取（1770）

furusato no / zatō ni au ya / sumōtori

譯註：「故さと」（故里：furusato），故鄉、家鄉；「坐頭」（zatō），
即「座頭」，盲人按摩師。

156

鵪鶉出沒的野地——
行腳僧背上的笈
逐漸消失於草色間

☆鶉野や聖の笈も草がくれ（1770）

uzurano ya / hijiri no oi mo / kusagakure

譯註：原詩可作「鶉野や／聖の笈も／草隱れ」。長年跋涉，行腳僧
背上的「笈」（oi，背箱）黑漆的顏色當逐漸消淡——漸行漸遠，終
溶於曠野草色間。此詩可媲美芭蕉1690年所寫的俳句——「初
雪——／行腳僧背上／笈之顏色」（初雪や聖小僧の笈の色）。「草
がくれ」（草隱れ：kusagakure），隱於草叢茂密處、隱於草色間。

157

天寒：鹿的
兩隻角，像一對枯枝
凝在身上

☆鹿寒し角も身に添ふ枯木哉（1770）

shika samushi / tsuno mo mi ni sou / kareki kana

譯註：「添ふ」（sou），增添、附加；「枯木」（枯れ木：kareki），枯
木、枯枝。

158

　　雨中的鹿——
　　它的角，因為愛，
　　沒有被溶壞……

☆雨の鹿恋に朽ぬは角ばかり（1770）
ameno shika / koi ni kuchinu wa / tsuno bakari

159

須磨之秋：
海波隨青葉笛聲
盪漾而來……

☆笛の音に波もよりくる須磨の秋（1770）

fue no ne ni / nami mo yori kuru / suma no aki

譯註：此詩有前書「在須磨寺」，為蕪村到訪後所作。須磨寺在今神戶市須磨區，通稱福祥寺，有名貴文物平敦盛的青葉笛。平敦盛與熊谷直實為著名「一谷會戰」中敵對的兩位平安時代末期武將。敦盛擅吹橫笛，年僅十五，與直實對陣時被打落馬下，直實急於割取對手首級，掀敦盛頭盔，見其風雅俊朗，全無懼色，又見其腰間所插橫笛，乃知昨夜敵陣傳來之動人笛聲乃其所吹奏，不忍殺之，請其快逃，為敦盛所拒。直實為免敦盛受他人屈辱，遂取敦盛首級，潸然淚下，拔敦盛腰間之笛，吹奏一曲，黯然而去。蕪村詩中之笛即平敦盛此傳奇之笛。1688 年，芭蕉在《笈之小文》之行途中亦曾訪此寺，寫成底下之句──「須磨寺：樹蔭／暗處，傳來未吹而／響的青葉笛聲」（須磨寺や吹かぬ笛聞く木下闇）。「より」（寄り：yori），接近、靠近；「くる」（来る：kuru），來、到來。

109

160

多固執啊
那釣者——夕暮中
獨釣冷冬雨

☆釣人の情のこはさよ夕時雨（1770）

tsuribito no / jō no kowasa yo / yūshigure

譯註：此詩可視為柳宗元〈江雪〉一詩「孤舟簑笠翁，獨釣寒江雪」
的變奏。「こはさ」（強さ：kowasa），好強、硬挺、頑固之意；「夕
時雨」（yūshigure），（冬天時）傍晚下的陣雨。

161

初雪，以片片雪白
叩問大地——竹林
回以遍照的月光……

☆初雪の底を叩ば竹の月（1770）

hatsuyuki no / soko o tatakeba / take no tsuki

162

初雪──
消融後，啊
草上又見露珠

☆初雪や消ればぞ又草の露（1770）

hatsuyuki ya / kiyureba zo mata / kusa no tsuyu

163

唸佛行乞所擊
之缽，是夕顏之身
葫蘆或骷髏？

☆ゆふがほのそれは髑髏歟鉢たたき（1770）

yūgao no / sorewa dokuro ka / hachitataki

譯註：「夕顏」（ゆふがほ：yūgao），葫蘆科蔓性一年生草本，夏季傍晚開白花，秋生葫蘆果實。「鉢たたき」（鉢叩：hachitataki），意為擊缽舞蹈、唸佛行乞的僧人（空也僧），或此唸佛之法。此詩將夕顏之身葫蘆做成的缽，與骷髏並列，甚為驚悚。「それは」（sorewa），意為「那是」、「那可真是」。本詩直譯大致為「叩缽唸佛的僧人啊，／你敲擊的夕顏之身／葫蘆，可真是骷髏呢」。

111

164

新茶茶會──四疊半的
空間：喜多這小咖
也來參一腳，北側奉陪

☆口切や北も召れて四疊半（1770）

kuchikiri ya / kita mo yobarete / yojōhan

譯註：「口切」（くちきり：kuchikiri），謂開封、開新茶罐，也指於
陰曆十月初前後舉行的新茶茶會。四疊半，指四席半的小房間，有
時亦為茶室的代稱。新茶茶會中，每邀並稱「四座」（觀世、寶生、
金春、金剛）與「一流」（喜多）的「能樂」五要角與會。相對於名
列「四座」的四「大咖」，喜多在江戶時代或許被認為是個「小
咖」──四大一小，剛好四疊半。日文原詩中的「北」，發音與「喜
多」同，皆為「きた」（kita）。「召れて」（呼ばれて：yobarete），
受邀參加、受召。

165

埋在灰裡的炭火啊
吾廬也一樣──
藏身於灰灰的雪中

☆埋火や我かくれ家も雪の中（1770）

uzumibi ya / waga kakurega mo / yuki no naka

譯註：「かくれ家」（隱れ家：kakurega），隱寓，隱居之處。

166

鴨遠──
洗鋤，
水波動……

☆鴨遠く鍬そそぐ水のうねり哉（1770）

kamo tōku / kuwa sosogu mizu no / uneri kana

譯註：「そそぐ」（濯ぐ：sosogu），洗；「うねり」（uneri），起伏、波動。

167

是黃鶯或麻雀？
──啊，春天
確然到了

☆鶯を雀歟と見しそれも春（1771）

uguisu o / suzume ka to mishi / sore mo haru

譯註：「それも春」（sore mo haru），春天真的來了之意。

168

削年糕的舊霉斑——啊，
明快地削向新柳的
春風……

☆餅旧苔のかびを削れば風新柳の削りかけ（1771）

mochi kiutai no / kabi o kezureba kaze / shinryū no kezuri kake

譯註：此詩有前書「延寶之句風」，是仿延寶（1673-1681）末期「蕉風」之暢快之作，將春風比作為削舊佈新的明快小刀，誠為巧喻、奇喻。此詩為7-9-10音節，是有違傳統俳句5-7-5、十七音節設計的「破調」句。「苔」（tai），指苔蘚般的斑；「かび」（kabi），霉。

169

歪頭斜頸，口沫橫飛，爭論個
不停的——這些
蛙喲！

☆独鈷鎌首水かけ論の蛙かな（1771）

tokukokamakubi / mizukakeron no / kawazu kana

譯註：日文「独鈷」（tokuko），為佛具，金剛杵的一種。「鎌首」（kamakubi），脖子彎曲如鐮刀之謂。「独鈷鎌首」（tokukokamakubi）合起來，指好議論之歌人。「水かけ論」（水掛け論：mizukakeron），爭論不休之意。「水掛け」（mizukake）則為灑水、潑水之意。此詩為7-7-5音節，不合傳統俳句格律的「破調句」。

170

    在方如色紙的
    秧田裡
    逍遙遊的青蛙……

☆苗代の色紙に遊ぶ蛙かな（1771）

nawashiro no / shikiji ni asobu / kawazu kana

譯註：「苗代」（nawashiro），秧田之意。

171

    端坐
    望行雲者——
    是蛙喲

☆行雲を見つつ居直る蛙哉（1771）

yukukumo o / mitsutsu inaoru / kawazu kana

譯註：「居直る」（inaoru），端正地坐著。

172

吃啊、睡啊
在桃花下——
像牛一樣……

☆喰ふて寝て牛にならばや桃の花（1771）
kūte nete / ushi ni naraba ya / momo no hana

173

夜夜
雨聲喧，杜若花
無語

☆宵々の雨に音なし杜若（1771）
yoiyoi no / ame ni otonashi / kakitsubata

譯註：此首為夏之俳句。杜若，又稱燕子花，鳶尾科鳶尾屬植物。
五月梅雨季，夜夜雨連綿，雨聲讓美麗的杜若花無聲，須待曉來雨
停，方得現芳姿。「音なし」（音無し：otonashi），無聲之意。

174

    杜若花開——
    在一代又一代
    貧窮人家院子裡

☆代々の貧乏屋敷や杜若（1771）

daidai no / binbō yashiki ya / kakitsubata

譯註：此詩讓人想起小林一茶1817年所寫的俳句——「一代一代開
在／這貧窮人家籬笆／啊，木槿花」（代々の貧乏垣の木槿哉）。

175

    杜若花開——
    鳶糞從天而降，
    黏附其上⋯⋯

☆杜若べたりと鳶のたれてける（1771）

kakitsubata / betarito tobi no / taretekeru

譯註：「べたりと」（betarito），黏上、貼滿；「たれてける」（垂掛
／垂懸：taretekeru），指小便或大便（滴落下來）。

176

主人一直自責

壽司醃泡的時間

太長了⋯⋯

☆なれ過た鮓をあるじの遺恨哉（1771）

naresugita / sushi o aruji no / ikon kana

譯註：「なれ過た」（慣れ過ぎた：naresugita），意謂（醃泡的）時間過長；「あるじ」（aruji），主人。

177

溽暑——

他沒佩帶武士刀，

他腰插扇子

☆暑き日の刀にかゆる扇かな（1771）

atsuki hi no / katana ni kayuru / ōgi kana

譯註：此詩有題「寄扇武者」。「かゆる」（換ゆる／替ゆる：kayuru），替換、替代之意。

178

綿綿五月雨──
啊，連無名溪
也讓人驚

☆五月雨や名もなき川のおそろしき（1771）

samidare ya / na mo naki kawa no / osoroshiki

譯註：「五月雨」（samidare），即陰曆五月的連綿梅雨。「名もなき」
（名も無き：na mo naki），無名；「おそろしき」（恐ろしき：
osoroshiki），可怕的、令人驚恐的。

179

自臀部發出
學問之光──
螢火蟲

☆學問は尻からぬけるほたる哉（1771）

gakumon wa / shiri kara nukeru / hotaru kana

譯註：此首妙句有前書「題一書生之閑窗」，顯然化用了晉朝車胤聚
螢照書、夜以繼日之典故。「尻」（shiri），屁股；「から」（kara），
通過之意；「ぬける」（抜ける：nukeru），漏出之意；「ほたる」（螢：
hotaru），螢火蟲。

180

　　一日之汗洗淨，
　　夜風涼吹：
　　此際此身即佛

☆汗入て身を仏体と知る夜哉（1771）

ase irete / mi o buttai to / shiru yo kana

譯註：「仏体」（buttai），即佛身。

181

　　在天願作比翼
　　籠──啊，我的抱籠，
　　我的竹夫人！

☆天にあらば比翼の籠や竹婦人（1771）

ten ni araba / hiyoku no kago ya / chikufujin

譯註：此詩諧仿白居易〈長恨歌〉一詩名句「在天願作比翼鳥」（此
句前一句為「夜半無人私語時」）。日文原作中的「竹婦人」
（chikufujin），或稱竹夫人、抱籠、竹奴，夏季納涼用的竹編抱枕。

182

踏石三顆、四顆
歪斜綴於
蓮池浮葉間

☆飛石も三つ四つ蓮のうき葉哉（1771）

tobiishi mo / mitsu yotsu hasu no / ukiba kana

譯註：此詩有前書「律宗寺院一窺」。律宗，戒律甚嚴，有「三聚淨戒」（三種菩薩戒）與典籍《四分律》。日文原詩中「蓮」（はす：hasu）與「斜」（はす）同音，是雙關語。「うき葉」（浮き葉：ukiba），即浮葉。

183

獨臥竹蓆——
晉人般隨意
露出屁股！

☆晉人の尻べた見えつ簟（1771）

shin hito no / shiri beta mietsu / takamushiro

譯註：此詩中的晉人可以讓人想及西晉的竹林七賢，或東晉「夏月虛閒，高臥北窗之下」的陶淵明。

184

　　彼方草叢間頻頻

　　揮動，呼喚渡船

　　——啊，一支扇子

☆渡し呼草のあなたの扇哉（1771）

watashi yobu / kusa no anata no / ōgi kana

譯註：「あなた」（anata），即「彼方」。

185

　　懷中帶著小香袋

　　——啞女也長大成

　　懷春女了……

☆かけ香や啞の娘の成長（1771）

kakegō ya / oshi no musume no / hitoto nari

譯註：「かけ香」（掛香：kakegō），掛於頸上，塞入袖中、懷中，攜帶用的香袋。

186

掛香飄香——
簾幕後貴婦入浴
風輕輕觸

☆掛香や幕湯の君に風さはる（1771）

kakegō ya / makuyu no kimi ni / kaze sawaru

譯註：「さはる」（触る：sawaru），觸、碰之意。

187

今朝立秋——
貧窮
追趕上了我

☆貧乏に追つかれけりけさの秋（1771）

binbō ni / oitsukarekeri / kesa no aki

譯註：「けさの秋」（今朝の秋：kesa no aki），立秋之日的早晨。

188

　　入秋了，
　　陰陽師何事
　　大吃一驚？

☆秋立つや何に驚く陰陽師（1771）

aki tatsu ya / nani ni odoroku / onmyōji

譯註：「陰陽師」（onmyōji），即占卜師、占卜官。

189

　　滿月——
　　玉兔在諏訪湖上
　　奔跑嬉戲……

☆名月やうさぎのわたる諏訪の海（1771）

meigetsu ya / usagi no wataru / suwa no umi

譯註：諏訪湖（諏訪の海），位於今長野縣境內、諏訪盆地正中央的湖泊，為日本一級河川天龍川的發源地。「うさぎ」（usagi），兔子；「わたる」（渡る：wataru），渡過，越過。

190

　　手斧敲叩木頭的聲音

　　——篤篤篤篤……

　　篤定得像林中啄木鳥

☆手斧打つ音も木ぶかし啄木鳥（1771）

teono utsu / oto mo kobukashi / keratsutsuki

譯註：此詩有題「百工圖：木匠」。手斧（teono），一種用以削木材
的鋤頭狀的木工工具；「木ぶかし」（木深し：kobukashi），樹深、
樹木茂密之意。

191

　　白菊彷彿吳山雪，被

　　古笠遮覆，笠下

　　依然飄出雪香般花香……

☆白菊や吳山の雪を笠の下（1771）

shiragiku ya / gossan no yuki o / kasa no shita

譯註：此詩前書「題古笠覆菊圖」。北宋僧人可士〈送僧〉一詩有句
「笠重吳天雪，鞋香楚地花」（吳天雪落笠上讓笠變重，楚地花讓走
過的鞋變香），蕪村此詩借其意象而意思有別。

192

初冬陣雨——
蓑蟲，慵懶晃蕩
悠哉度日……

☆みのむしのぶらと世にふる時雨哉（1771）

minomushi no / bura to yonifuru / shigure kana

譯註：「みのむし」（minomushi），即日文「蓑虫」；「ぶら」（bura），
閒晃之意；「世にふる」（世に経る：yonifuru），渡世、過日子。

193

初冬陣雨急落下——
啊，巫山無暇
繫衣帶呢

☆しぐるるや山は帯する暇もなし（1771）

shigururu ya / yama wa obi suru / hima mo nashi

譯註：此詩前書「加賀、越前一帶，頗多知名的俳句女詩人。姿
弱、情痴，為女性詩人之特色也。今戲仿其風格」。所指者殆為加
賀之千代尼（1703-1775）與越前之歌川女。此詩以冬山比寬衣解
帶、翻雲覆雨中的巫山，說「無暇繫衣帶」。的確戲謔！「しぐる
る」（時雨：shigururu），初冬陣雨；「なし」（無し：nashi），無。

194

初冬陣雨——
寺裡借出的這支破傘，似乎
隨時會變身成妖怪！

☆化さうな傘かす寺の時雨哉（1771）

bakesō na / kasa kasu tera no / shigure kana

譯註：「かす」（kasu），沒有用處的剩餘物。

195

初冬陣雨——
一支舊傘
婆娑於月夜下

☆古傘の婆娑と月夜の時雨哉（1771）

furugasa no / basa to tsukiyo no / shigure kana

196

> 河豚的臉——
> 白眼冷看
> 世間人

☆河豚の面世上の人を白眼ム哉（1771）

fugu no tsura / sejō no hito o / niramu kana

197

> 冬日枯樹林——
> 兩座村落
> 一當鋪

☆両村に質屋一軒冬木立（1764-1771間）

futamura ni / shichiya ikken / fuyukodachi

譯註：此詩有題「夢想三句」，此為其第一首。「質屋」（shichiya），
即當鋪；「一軒」（ikken），一間、一家。

198

水仙花——
啊，似乎令美人
相形頭疼……

☆水仙や美人かうべをいたむらし（1764-1771 間）

suisen ya / bijin kōbe o / itamurashi

譯註：「かうべ」（首／頭：kōbe），頭之意；「いたむらし」（痛む
らし：itamurashi），疼、痛之意。

199

元旦早晨，陽光
在沙丁魚的
頭上——閃耀著

☆日の光今朝や鰯のかしらより（1772）

hi no hikari / kesa ya iwashi no / kashira yori

譯註：這是 1772 年元旦日所寫的俳句。「鰯」（いわし：iwashi），
即中文「鰮」或「沙丁魚」；「かしら」（kashira），也寫成「頭」。

200

元旦早晨

連吃了三碗年糕湯——

富有得像百萬富翁！

☆三椀の雑煮かゆるや長者ぶり（1772）

sanwan no / zoni kayuru ya / chōja buri

譯註：「雑煮」（zoni），慶祝元旦吃的年糕湯；「長者」（chōja），富翁、富豪；「ぶり」（buri），樣子之意。

201

青柳啊，

要叫你草或樹？

吾皇陛下說了算

☆青柳や我が大君の草か木か（1772）

aoyagi ya / waga ōkimi no / kusa ka ki ka

譯註：「大君」（ōkimi），天皇之意。

130

202

櫻花飄落於
秧田水中——啊，
星月燦爛夜！

☆さくら散苗代水や星月夜（1772）

sakura chiru / nawashiro mizu ya / hoshizukiyo

譯註：「さくら」（桜：sakura），即櫻花。

203

松下紙門上，
日印
梅影香

☆松下の障子に梅の日影哉（1773）

matsushita no / shōji ni ume no / hikage kana

譯註：詩中之「松下」（matsushita）指日本鎌倉幕府第五代執權北
條時賴（1227-1263）之母松下禪尼——她以儉約之美德知名。吉田
兼好《徒然草》第184段描述其在時賴面前剪小紙修糊紙門熏黑或
破損處，而不欲全部換新之節儉事。蕪村此詩中「紙門」（「障子」：
shōji）上之影，究係紙門上被煙熏出之黑點，或補綴上而顏色不一
之紙塊，或陽光所投之梅影？

131

204

　　春夜最

　　美：

　　宵與曙之間……

☆春の夜や宵あけぼのの其中に（1773）

haru no yo ya / yoi akebono no / sono naka ni

譯註：此詩有前書「唐土詩人愛一刻千金之宵，我朝歌人賞紫色之
曙」。宋朝蘇東坡〈春宵〉一詩中說「春宵一刻值千金」，日本平安
時代才女清少納言的《枕草子》開頭就說「春，曙為最」（春は曙）。
日語「宵」（yoi）指黃昏、傍晚、天剛黑，「曙」（akebono）乃拂曉、
黎明、天既亮。蕪村此句妙融中日古典精髓於一爐，乍讀令人驚
艷──說春夜最美好的時段在傍晚天剛黑後與黎明天既亮之間──
仔細味之，豈非分分秒秒的「春夜」都屬之？真是貪心而狡慧的詩
人！

205

> 如夢似幻──
> 輕捏著
> 一隻蝴蝶

☆うつつなきつまみごころの胡蝶かな（1773）

utsutsunaki / tsumamigokoro no / kochō kana

譯註：「うつつなき」（現無き：utsutsunaki），如在夢中之意；「つまみ」（抓み：tsumami），抓、捏──「つまみごころ」（抓み心：tsumamigokoro），意指捏著（蝴蝶）的感覺。

206

> 且脫烏帽
> 當升斗，隨興計量
> 落花數……

☆烏帽子脫で升よと計る落花哉（1773）

eboshi dadde / masu yo to hakaru / rakka kana

譯註：「升」（masu），量器、計量的器具。

207

> 換上夏衫的
> 瘋女孩，眉間更顯
> 天真可愛

☆更衣狂女の眉毛いはけなき（1773）

kōi kyōjo / no mayuge / iwakenaki

譯註：「いはけなき」（稚けなき：iwakenaki），天真可愛之意。此詩為6-4-5音節、不合傳統俳句格律的「破調句」。

208

> 綿綿五月梅雨——
> 啊，要把富士山
> 沖還給琵琶湖⋯⋯

☆湖へ富士をもどすやさつき雨（1773）

mizuumi e / fuji o modosu ya / satsukiame

譯註：傳說日本古昔因地震，大地裂開，形成了京都附近的琵琶湖，而那些凹陷、消失的土地，一夜間隆起為富士山。此詩彷彿借五月梅雨上演滄桑歷盡的「琵琶湖復仇記」——準備把整座富士山一刀一刀砍刷回給琵琶湖。「もどす」（戻す：modosu），歸還；「さつき雨」（五月雨：satsukiame），陰曆五月的連綿梅雨。

209

　　秋臨我身增我愁——
　　啊，明朝來時
　　今宵當又讓人想念

☆身の秋や今宵をしのぶ翌も有（1773）
mi no aki ya / koyoi o shinobu / asu mo ari
譯註：「しのぶ」（偲ぶ：shinobu），想念、思念。

210

　　悲矣——
　　一絲釣線，在秋風中
　　飄盪

☆悲しさや釣の糸吹く秋の風（1773）
kanashisa ya / tsuri no ito fuku / aki no kaze
譯註：「糸」（ito），絲、線。

211

秋風瑟瑟——
酒肆裡吟詩，啊
漁者樵者！

☆秋風や酒肆に詩うたふ漁者樵者（1773）

akikaze ya / shushi ni shi utau / ryōsha shōja

譯註：「うたふ」（歌ふ：utau），吟誦、歌吟。

212

採那寫為茸的蘑菇——
舉頭（彷彿舉起茸上之艸），
耳字般的月在峰頂

☆茸狩や頭を挙れば峰の月（1773）

takegari ya / kōbe o agureba / mine no tsuki

譯註：此詩有前書「與几董同遊鳴瀧」。几董即高井几董（1741-1789），蕪村門人，後繼蕪村為「夜半亭」詩派第三代領導者。鳴瀧，在今京都市右京區。蕪村此詩一方面轉化了李白「舉頭望明月」之句，一方面頗有趣地玩拆漢字的遊戲——把「茸」字頭上的「艸」高舉開，就現出「峰頂之月」（峰の月）、山脊上的月——「耳」。「茸狩」（takegari），採蘑菇。

213

　　冬日枯樹——
　　斧入
　　驚異香

☆斧入れて香に驚くや冬木立（1773）

ono irete / ka ni odoroku ya / fuyukodachi

譯註：「冬木立」（fuyukodachi），冬日枯樹林。

214

　　初冬陣雨——
　　啊，古人之夜
　　與我相似……

☆時雨るや我も古人の夜に似たる（1773）

shigururu ya / ware mo kojin no / yo ni nitaru

譯註：此處之古人，殆指曾在他們詩中感嘆生之短暫、寂寥的前輩
詩人飯尾宗祇（1421-1502）與松尾芭蕉（1644-1694）等。

215

我家庭院
黃鶯鳴，聞之
恍在曠野中

☆我宿の鶯聞ん野に出て（1774）

waga yado no / uguisu kikan / no ni idete

譯註：「野に出て」（no ni idete），在野外之意。

216

兩棵梅樹——
我愛其花開：
一先一後

☆二もとの梅に遲速を愛す哉（1774）

futamoto no / ume ni chisoku o / aisu kana

譯註：此首俳句有題「草庵」，為蕪村名作，具有一種數學之趣或因
笨拙而巧的詩意，似乎催生了後來魯迅散文詩〈秋夜〉裡的兩棵棗
樹。「二もと」（二本：futamoto），兩棵之意。

217

小戶人家，貴客
賞光留宿──
朧月也羨蓬蓽輝

☆よき人を宿す小家や朧月（1774）

yoki hito o / yadosu koie ya / oborozuki

譯註：「よき人」（良人／好人：yoki hito），貴客、貴人之意；「宿
す」（yadosu），兼有「留宿」與「映照」之意；「朧月」（oborozuki），
朦朧月色。

218

月色朦朧──
一隻蛙搞濁了水
也搞濁了天

☆朧月蛙に濁る水や空（1774）

oborozuki / kawazu ni nigoru / mizu ya sora

219

> 油菜花──
> 月亮在東
> 日在西

☆菜の花や月は東に日は西に（1774）

nanohana ya / tsuki wa higashi ni / hi wa nishi ni

譯註：「菜の花」（nanohana），油菜花。

220

> 春去也：
> 心沉──如
> 琵琶在抱

☆ゆく春やおもたき琵琶の抱心（1774）

yuku haru ya / omotaki biwa no / dakigokoro

譯註：「ゆく春」（行春：yuku haru），暮春，春將去也；「おもたき」（重たき：omotaki），沉重之意。

221

夏夜短暫──
沙灘上，被棄置的
殘餘篝火

☆短夜や浪うち際の捨篝（1774）

mijikayo ya / namiuchigiwa no / sutekagari

譯註：「浪うち際」（波打ち際：namiuchigiwa），岸邊、海灘；「捨篝」（すてかがり：sutekagari），指使用後殘留的篝火。

222

刈麥的老者
彎身，如
一把利鐮刀

☆麦刈に利き鎌もてる翁かな（1774）

mugikari ni / toki kama moteru / okina kana

譯註：「もてる」（持てる：moteru），有、持有。此詩也可譯為──

刈麥老翁寶刀
未老──有一把
銳利的寶鐮刀

141

223

　　麥收季節──
　　狐狸偷走飯，
　　大夥兒忙追打……

☆飯盜む狐追ひうつ麦の秋（1774）

meshi nusumu / kitsune oiutsu / mugi no aki

譯註：「追ひうつ」（追ひ打つ：oiutsu），追打之意。

224

　　晚風習習──
　　水波濺擊
　　青鷺脛

☆夕風や水青鷺の脛をうつ（1774）

yūkaze ya / mizu aosagi no / hagi o utsu

譯註：此詩可與松尾芭蕉1689年所寫，收於《奧之細道》中的這首
俳句比美──「汐越潮湧／濕鶴脛──／海其涼矣！」（汐越や鶴脛
ぬれて海涼し）。「うつ」（打つ：utsu），打、擊、拍、碰之意。

225

　　我所戀的他
　　手中的扇真白啊，
　　遠看令人喜

☆目に嬉し恋君の扇真白なる（1774）

me ni ureshi / koigimi no ōgi / mashiro naru

譯註：「嬉し」（ureshi），欣喜、快活之意。

226

　　罌粟花——
　　何須
　　圍籬笆？

☆けしの花籬すべくもあらぬ哉（1774）

keshi no hana / magaki subeku mo / aranu kana

譯註：「けし」（罌粟／芥子：keshi），即罌粟花；「あらぬ」
（aranu），不適宜、不需要之意。

143

227

　　這些薔薇花——

　　讓我想起

　　家鄉的小路

☆花いばら故郷の路に似たる哉（1774）

hanaibara / kokyō no michi ni / nitaru kana

譯註：「花いばら」（花茨：hanaibara），開著花的野薔薇。

228

　　運重物的龐然地車

　　轟隆而過，震出

　　庭前牡丹花香⋯⋯

☆地車のとどろとひびく牡丹かな（1774）

jiguruma no / todoro to hibiku / botan kana

譯註：「地車」（jiguruma），運重物的四輪車；「とどろ」（轟：todoro），轟鳴、發出轟隆的鳴響；「ひびく」（響く：hibiku），響、震響、波及。

229

　　在客去與客來的
　　空檔裡──
　　靜寂的牡丹

☆寂として客の絶間の牡丹哉（1774）

seki to shite / kyaku no taema no / botan kana

譯註：「絶間」（絶え間：taema），空隙、間隔，空檔。

230

　　纖纖細腰的法師，
　　飄飄欲仙
　　忘我地舞著⋯⋯

☆細腰の法師すずろに踊哉（1774）

hosogoshi no / hōshi suzuroni / odori kana

譯註：「すずろに」（漫ろに：suzuroni），漫然、飄飄然之意。

231

故鄉
酒雖欠佳，但
蕎麥花開哉！

☆故郷や酒はあしくとそばの花（1774）

furusato ya / saka wa ashiku to / soba no hana

譯註：「あしく」（悪しく：ashiku），不好、欠佳；「そば」（蕎麦：
soba），即「蕎麥」。

232

養菊者——
汝乃
菊之奴也！

☆菊作り汝は菊の奴かな（1774）

kikuzukuri / nanji wa kiku no / yakko kana

譯註：「菊作り」（kikuzukuri），栽培菊花的人、養菊者。

233

　　秋暮──
　　出門一步，即成
　　旅人

☆門を出れば我も行く人秋の暮（1774）

mon o ireba / ware mo yukuhito / aki no kure

譯註：「行く人」（yukuhito），行人、旅人之意。

234

　　稻草人只是你的
　　綽號吧──你到底
　　姓啥名啥誰家子弟？

☆姓名は何子か號は案山子哉（1774）

semei wa / nanishi ka gō wa / kagashi kana

譯註：「案山子」（かがし：kagashi），稻草人。

235

　　稻田的水排出──
　　稻草人的細腿
　　變長了

☆水落て細脛高きかがし哉（1774）

mizu ochite / hosohagi takaki / kagashi kana

236

　　磷火閃閃──
　　彷彿要把枯芒草
　　燒起來！

☆狐火の燃つくばかり枯尾花（1774）

kitsunebi no / moe tsuku bakari / kareobana

譯註：「狐火」（kitsunebi），磷火、鬼火；「枯尾花」（kareobana），
即「枯芒草」。

237

落日——
山影中，一頭鹿直入
寺門

☆鹿ながら山影門に入日哉（1774）

shikanagara / yamakage mon ni / irihi kana

譯註：此詩有前書「洛東殘照亭晚望」。殘照亭，在京都市左京區金
福寺山門左側。江戶時代中期儒學家、書家、篆刻家細井廣澤
（1658-1736）所書《百聯抄》（1734）中，有詩句「山影入門推不出，
月光鋪地掃還生」。「入日」（irihi），落日、夕陽。

238

但願能讓老來的
戀情淡忘——
啊，初冬陣雨

☆老が恋忘れんとすれば時雨哉（1774）

oi ga koi / wasuren to sureba / shigure kana

譯註：「すれば」（sureba），假使、但願之意。

239

老鼠咬食
堅鐵——牙音
寒顫顫……

☆真がねはむ鼠の牙の音寒し（1774）

magane hamu / nezumi no kiba no / oto samushi

譯註：「真がね」（真金：magane），即「鐵」；「はむ」（食む：hamu），食、咬之意。

240

初冬陣雨
無聲落在青苔上——
往事上心頭

☆時雨音なくて苔にむかしをしのぶ哉（1774）

shigure oto nakute / koke ni mukashi o / shinobu kana

譯註：原詩可作「時雨音無くて／苔に昔を／偲ぶ哉」。「なくて」（無くて：nakute），無、沒有；「むかし」（昔：mukashi），往昔、昔日；「しのぶ」（偲ぶ：shinobu），想念、思念。此詩為8-7-5音節，不合傳統俳句格律的「破調句」。

241

> 雨中窮酸相的蓑笠翁，
> 下雪天，變身成
> 穿絨毛衣的大富翁

☆雨の時貧しき蓑の雪に富り（1774）

ame no toki / mazushiki mino no / yuki ni tomiri

242

> 甘守愚頑之質吧——
> 弄暗我窗，被雪所壓之竹
> 似乎如是示我……

☆愚に耐よと窓を暗す雪の竹（1774）

gu ni tae yo to / mado o kurau su / yuki no take

譯註：此詩為蕪村所寫「貧居八詠」之一。

243

怯怯地靠近看
孤燈結了冰的油
——一隻老鼠

☆氷る燈の油うかがふ鼠かな（1774）

kōru hi no / abura ukagau / nezumi kana

譯註：此詩為「貧居八詠」之四。「うかがふ」（窺ふ：ukagau），
偷窺、窺伺之意。

244

隔壁鄰居寒冬徹夜
鍋子叮噹鳴響——
是討厭我嗎？

☆我を厭ふ隣家寒夜に鍋を鳴ラす（1774）

ware o itou / rinka kanya ni / nabe o narasu

譯註：此詩為「貧居八詠」之七。

245

　　夜裡，用僅餘的
　　幾顆牙
　　咬下畫筆上的冰

☆歯豁に筆の氷を嚙む夜哉（1774）

ha arawa ni / fude no kōri o / kamu yo kana

譯註：此詩為「貧居八詠」之八。日文原詩中「歯豁」（ha arawa）
兩字，指齒缺、牙齒稀了、牙齒稀疏地脫落了。韓愈〈進學解〉中
有「頭童齒豁」（頭禿齒缺）之描繪。

246

　　歲末大掃除：
　　誰家
　　家具如此少？

☆煤掃や調度少き家は誰（1774）

susuhaki ya / chōdo sukunaki / ie wa tare

譯註：此詩有前書「平安城裡第一風流」。平安城，即京都。「調度」
（chōdo），日用器具、家具之意。

153

247

歲末忘年會——
啊，謝靈運今宵也
免罪齊來尋歡……

☆靈運もこよひはゆるせとし忘（1774）
reiun mo / koyoi wa yuruse / toshiwasure

譯註：此詩有前書「遊春泥社」。春泥為蕪村詩友黑柳召波（1727-
1771）之別號。晉朝詩人謝靈運（385-433），身雖為官，但無心政
事，風流豪奢，日夜遊山玩水，後被以「叛逆」罪處死。「こよひ」
（今宵：koyoi），今宵、今夜；「ゆるせ」（許せ：yuruse），寬恕、
准許；「とし忘」（年忘：toshiwasure），歲末忘年會。

248

據說比丘尼劣於
比丘——但比丘寺的紅梅
劣於比丘尼寺啊

☆紅梅や比丘より劣る比丘尼寺（1774）
kōbai ya / biku yori otoru / bikunidera

譯註：此詩可解譯為「據說比丘尼劣於／比丘——但比丘尼寺的紅
梅／開得多優艷、端麗啊」。「比丘」：和尚；「比丘尼寺」，尼姑
庵。此詩機智地回應了吉田兼好《徒然草》第 106 段中所述證空上
人之語「比丘よりは比丘尼は劣り」（比丘尼劣於比丘）。

154

249

　　熱氣升騰，竹筐裡

　　滿裝土——

　　啊，那人所愛

☆陽炎や簀に土を愛づる人（1774）

kagerō ya / ajika ni tsuchi o / mezuru hito

譯註：「陽炎」（kagerō），又稱陽氣，春夏陽光照射地面升起的遊動
氣體；「簀」（ajika），竹筐、土筐。

250

　　熱氣升騰——

　　無名之蟲

　　白晃晃地飛

☆陽炎や名も知らぬ虫の白き飛ぶ（1775）

kagerō ya / na mo shiranu mushi no / shiraki tobu

譯註：「名も知らぬ」（na mo shiranu），意即不知名的、無名的——
「ぬ」（nu）表示否定。

251

> 戀愛中的鎌倉武士
> 不忘隨身帶
> 一隻扇子增媚⋯⋯

☆恋わたる鎌倉武士の扇哉（1774）

koi wataru / kamakura bushi no / ōgi kana

譯註：「わたる」（亘る／渡る：wataru），繼續、持續中之意。

252

> 指南車
> 奔胡地，漸沒
> 霧靄裡⋯⋯

☆指南車を胡地に引去ル霞哉（1775）

shinansha o / kochi ni hikisaru / kasumi kana

譯註：指南車，中國古代指示方向之車，車上立有一始終伸臂指南之木像。

253

　　鴻臚館──
　　白梅與
　　墨齊芳……

☆白梅や墨芳しき鴻臚館（1775）

hakubai ya / sumi kanbashiki / kōrokan

譯註：「鴻臚館」（kōrokan）為平安時代設置的外交迎賓館。此館文獻上初以「筑紫館」之名出現於持統二年（688年），平安時代改名為具有中國風的「鴻臚館」。

254

　　春日日長，一日
　　連一日──啊，
　　昔日更遠了！

☆遲き日のつもりて遠き昔かな（1775）

osoki hi no / tsumorite tōki / mukashi kana

譯註：此詩有題「懷舊」。唐朝詩人杜審言有詩句「遲日園林悲昔遊」。「遲き」（osoki），遲、慢、時間過得慢之意；「つもりて」（積りて：tsumorite），積累──「日の積りて」意即日復一日。

255

夏夜短暫——
淺灘上殘懸
月一片

☆みじか夜や淺瀬にのこる月一片（1775）

mijikayo ya / asase ni nokoru / tsuki ippen

譯註：「のこる」（残る：nokoru），殘留、殘存。

256

櫻花已盡落
——此庵
主人仍苟活……

☆実ざくらや死のこりたる菴の主（1775）

mizakura ya / shini nokoritaru / io no nushi

譯註：此詩有前書「悲矣，我竟未效西行法師所願」。西行法師為芭
蕉、蕪村以及眾多詩人所景仰之和歌大師。寫有詩句「願在春日花下
死，二月十五月圓時」（願はくは花の下にて春死なむその如月の望
月の頃），後果如願，於1190年2月16日去世。蕪村此詩寫於1775年
初夏，春已去也，而人猶在。「実ざくら」（実桜：mizakura），櫻花開
盡、凋落後結出的小果實；「のこりたる」（残りたる：nokoritaru），
剩餘、留下之意。

257

小路已到盡頭
野薔薇香味
誘你繼續前行

☆路絕て香にせまり咲いばらかな（1775）

michi taete / ka ni semari saku / ibara kana

譯註：「せまり」（迫まり：semari），強使、迫使；「いばら」（茨：
ibara），野薔薇。

258

掛起蚊帳
在屋裡
造青色山脈

☆蚊屋つりて翠微つくらむ家の内（1775）

kaya tsurite / suibi tsukuran / ie no uchi

譯註：「蚊屋」（kaya），蚊帳；「つりて」（吊り：tsurite），吊起、
懸掛；「翠微」（suibi），青色的遠山；「つくらむ」（築くらむ：
tsukuran），建造。

259

新長的竹子啊，橋本
那位我喜歡的歌妓
——她在不在？

☆若竹や橋本の遊女ありやなし（1775）

wakatake ya / hashimoto no yūjo / ari ya nashi

譯註：「若竹」（wakatake），幼竹、新竹；「あり」（在り：ari），在；
「なし」（無し：nashi），沒有、不在。

260

一行雁字
題寫過山麓小丘上空
以月為印

☆一行の雁や端山に月を印す（1775）

ichigyō no / kari ya hayama ni / tsuki o insu

譯註：「端山」（hayama），山麓小丘、山脈的丘陵地帶。

261

　　小陽春海上風平浪靜，
　　一片帆，也像是個
　　七合五勺大的酒杯

☆小春凪眞帆も七合五勺かな（1775）

koharu nagi / maho mo nanagō / goshaku kana

譯註：「小春」（koharu），即小陽春，陰曆十月；「凪」（nagi），海
上風平浪靜。

262

　　霜百里——
　　舟中，我
　　獨領月

☆霜百里舟中に我月を領す（1775）

shimo hyakuri / shuchū ni ware / tsuki o ryōsu

263

　　小睡一覺
　　把自己藏在自己
　　裡面——冬籠

☆居眠りて我にかくれん冬籠（1775）

ineburite / ware ni kakuren / fuyugomori

譯註：「居眠りて」（ineburite），瞌睡，打盹；「かくれん」（隱れん：kakuren），隱藏；「冬籠」（fuyugomori），冬日閑居、幽居——指冬日下雪或天寒時，長時間避居屋內不出門。

264

　　寒月懸中天——
　　枯樹林裡
　　三根竹

☆寒月や枯木の中の竹三竿（1775）

kangetsu ya / kareki no naka no / take sankan

譯註：京都深草瑞光寺元政上人（1623-1668）遺言以三根竹為墓標，不立墓碑。甚超脫俗塵，風雅之僧也。「枯木」（kareki），枯木、枯樹。

265

　　高僧——
　　在荒野，就位
　　放屎……

☆大德の屎ひりおはす枯野哉（1775）

daitoko no / kuso hiri owasu / kareno kana

譯註：「大德」（daitoko），高僧之意；「ひり」（放り：hiri），放、
排放；「おはす」（御座す：owasu），「在焉」、「就在那裡」一語的
尊敬說法。

266

　　狐狸嬉遊於
　　水仙花叢間——
　　新月淡照之夜

☆水仙に狐あそぶや宵月夜（1775）

suisen ni / kitsune asobu ya / yoizukiyo

譯註：「あそぶ」（遊ぶ：asobu），嬉遊。

267

鬼火閃青光——
暗夜骷髏積雨
成水塘

☆狐火や髑髏に雨のたまる夜に（1775）

kitsunebi ya / dokuro ni ame no / tamaru yo ni

譯註：「たまる」（溜まる／貯まる：tamaru），積堆、積存之意。

268

梅花正燦開——
「梅」字怎麼寫
有何差別？

☆梅咲ぬどれがむめやらうめぢややら（1776）

ume sakinu / dorega mume yara / ume ja yara

譯註：「どれが」（何れが：dorega），哪一個；「むめ」（mume）、「う
め」（ume）——漢字「梅」的兩種日文寫法。

269

　　梅花盛開──
　　室津港的賣春女
　　出來買新衣帶

☆梅咲て帯買室の遊女かな（1776）

ume saite / obi kau muro no / yūjo kana

譯註：「室」（むろ：muro），指室津港，在播州（今兵庫縣），昔時
以風化區知名。

270

　　僧庵，油菜花
　　盛開──我不叩門
　　繼續上路

☆菜の花や法師が宿はとはで過し（1776）

nanohana ya / hōshi ga yado wa / towade sugoshi

譯註：「とはで過し」（訪はで過し：towade sugoshi），過而不訪之
意。

271

　　杜鵑花開——
　　移石到花旁，相映
　　成趣，樂哉！

☆つつじ咲いて石移したる嬉しさよ（1776）

tsutsuji saite / ishi utsushi taru / ureshisa yo

譯註：「つつじ」（躑躅：tsutsuji），杜鵑花。

272

　　兌換好零錢
　　入吉野山
　　看山櫻！

☆銭買て入るやよしのの山櫻（1776）

zeni katte / hairuya yoshino no / yamazakura

譯註：蕪村此詩啟示吾人甚多。本來以為賞櫻是無關功利的風雅
事，沒想到古今所謂的風景區、名山、古寺、世界文化遺產……都
要排隊，都要收錢、收門票。一首有趣的「煞風景」的詩！「よし
の」（吉野：yoshino），指吉野山。

273

夜出桃花林，
拂曉又作
嵯峨賞櫻人

☆夜桃林を出て暁嵯峨の桜人（1776）

yoru tōrin o / idete akatsuki saga / no sakurabito

譯註：此詩有前書「伴曉台遊伏見、嵯峨」，為5-10-5音節，不合傳統俳句格律的「破調句」。曉台即蕪村詩友、俳人加藤曉台（1732-1792)。伏見在京都，以桃聞名。嵯峨亦在京都，以賞櫻（春季）和賞楓（秋季）知名。此詩甚有趣，蕪村將自己的號「夜半亭」（二世）的「夜」字與曉台的「曉」字皆嵌入詩中。

274

但見一雙踏花
歸來的草鞋──主人
猶朝寢未起……

☆花を踏し草履も見えて朝寐哉（1776）

hana o fumishi / zōri mo miete / asane kana

275

　　黑漆帽掛
　　折釘上，滿室
　　春光躍然來

☆折釘に烏帽子かけたり春の宿（1776）

orikugi ni / eboshi kaketari / haru no yado

譯註：「折釘」（orikugi），前端彎成直角，以便掛東西的一種釘子；
「烏帽子」（eboshi）即烏帽、黑漆帽；「かけたり」（掛けたり：
kaketari），懸掛之意。

276

　　耳目肺腸於此捲裏如
　　珍寶，將隨芭蕉新葉舒展
　　綠映四方，啊芭蕉庵

☆耳目肺腸ここに玉巻芭蕉庵（1776）

ji moku hai / chō kokoni tamamaku / bashōan

譯註：此詩有前書「洛東芭蕉庵落成日」。與謝蕪村及門人發起於京
都金福寺重建芭蕉庵，此首俳句即為其落成而作，寫於永安五年四
月二十六日。大哉，至聖松尾芭蕉，讓亞聖與謝蕪村如此讚頌！司
馬光〈獨樂園記〉一文中有「耳目肺腸，悉為己有，踽踽焉、洋洋
焉……」之句。「ここに」（此処に：kokoni），在此處；「玉卷」（玉
纏／たままく：tamamaku），捲曲成寶玉、捲裏如珍寶之意。

168

277

黃昏雷陣雨——
成群麻雀
緊緊抓著草葉

☆夕立や草葉をつかむ群雀（1776）

yudachi ya / kusaba o tsukamu / murasuzume

譯註：「夕立」（yudachi），驟雨、傍晚的雷陣雨；「つかむ」（掴む
／攫む：tsukamu），抓、抓住。

278

是誰把薄紗衣
擱在金屏風上——
秋風

☆金屏の羅は誰力あきのかぜ（1776）

kinbyō no / usumono wa tare ka / aki no kaze

譯註：「あきのかぜ」（秋の風：aki no kaze），即秋風。

279

今宵滿月——
偷雞摸狗一幫
賊崽子，全消遁！

☆名月や夜を逃れ住む盗人等（1776）
meigetsu ya / yo o nogare sumu / nusubito ra

280

今宵月明——即便
不識風雅的盜賊頭頭
也唸起詩來……

☆盗人の首領歌よむけふの月（1776）
nusubito no / kashira uta yomu / kyō no tsuki

譯註：「よむ」（読む：yomu），朗讀、唸；「けふ」（kyō），今日。

170

281

　　有女
　　戀我嗎──
　　秋暮

☆我を慕ふ女やはある秋のくれ（1776）

ware o shitau / onna yawa aru / aki no kure

譯註：「やは」（yawa），表示疑問的助詞；「ある」（有る：aru），
有；「秋のくれ」（秋の暮：aki no kure），秋暮。

282

　　女子以衣袖
　　拭鏡──
　　秋日黃昏

☆秋の夕べ袂して鏡拭く女（1776）

aki no yūbe / tamoto shite kagami / fuku onna

譯註：「夕べ」（yūbe），傍晚、黃昏。

283

　　寂寥
　　也許也是件樂事——
　　秋暮

☆さびしさのうれしくも有秋の暮（1776）

sabishisa no / ureshiku mo ari / aki no kure

譯註：「さびしさ」（寂しさ：sabishisa），寂寞；「うれしく」（嬉しく：ureshiku），快活、歡喜。

284

　　比去年
　　更加寂寞——
　　秋暮

☆去年より又さびしひぞ秋の暮（1776）

kyonen yori / mata sabishii zo / aki no kure

譯註：「さびしひ」（寂しひ：sabishii），寂寞。

172

285

　　秋暮——
　　接答我詩句的鬼
　　何在？

☆下の句をつぐ鬼いづこ秋のくれ（1776）

shimonoku o / tsugu oni izuko / aki no kure

譯註：此詩有題「秋思」。傳說平安時代前期貴族、文人都良香（834-879）經過羅城門（羅生門）時詠出「氣霽風梳新柳髮」一句，城樓上的鬼回以「冰消波洗舊苔鬚」之下句。「つぐ」（接ぐ：tsugu），接續、接答；「いづこ」（何処：izuko），何處、何在。

286

　　釣到一條鱸魚
　　——會不會有寶珠
　　從它巨口吐出？

☆釣上し鱸の巨口玉や吐（1776）

tsuri ageshi / suzuki no kyokō / tama ya haku

287

月光照我孤單如
月──意外地，與之為
朋

☆中々にひとりあればぞ月を友（1776）

nakanaka ni / hitori areba zo / tsuki o tomo

譯註：「中々」（中中：nakanaka），超出預期之意；「ひとり」（独
り／一人：hitori），獨自、一人；「あれば」（有れば：areba），「有」
之意。

288

美啊──
秋風後
一顆紅辣椒

☆美しや野分の後の唐辛子（1776）

utsukushi ya / nowaki no ato no / tōgarashi

譯註：「唐辛子」（tōgarashi），紅辣椒。

289

狐狸愛上巫女，
夜寒
夜夜來尋……

☆巫女に狐恋する夜寒哉（1776）

kannagi ni / kitsune koisuru / yosamu kana

譯註：「巫女」（kannagi），在神廟中從事奏樂、祈禱、請神等的未婚女子。

290

三度悲啼後
不復
聞鹿聲……

☆三度啼て聞へずなりぬ鹿の声（1776）

mitabi naite / kikoezu narinu / shika no koe

譯註：「聞へず」（kikoezu），「不聞」之意，「ず」（zu）表示否定。

291

仰天哀鳴的
鹿，它的淚
是月的露珠……

☆仰ぎ鳴くしかの淚や月の露（1776）

aogi naku / shika no namida ya / tsuki no tsuyu

譯註：「しか」（shika），鹿。

292

黑谷最亮眼的
鄰居──一整片
白色蕎麥花

☆黑谷の隣はしろしそばのはな（1776）

kurodani no / tonari wa shiroshi / soba no hana

譯註：此詩有題「白川」。詩中的黑谷為地名，在京都市左京區，北
鄰白川。「しろし」（白し：shiroshi），白色的；「そばのはな」（蕎
麦の花：soba no hana），蕎麥花。

293

枯冬——
烏鴉黑，
鷺鷥白

☆冬がれや烏は黒く鷺白し（1776）

fuyugare ya / karasu wa kuroku / sagi shiroshi

譯註：「冬がれ」（冬枯れ：fuyugare），枯冬、冬天的淒涼景象。

294

芭蕉去——
從此年年，大雅
難接續

☆芭蕉去てそののちいまだ年くれず（1776）

bashō sarite / sono nochi imada / toshi kurezu

譯註：蕪村此詩寫於歲暮，有前書「戴斗笠、著草鞋，準備上路」，化用芭蕉1684年《野曝紀行》旅程中所寫之句「一年又過——／手拿斗笠，／腳著草鞋」（年暮れぬ笠着て草鞋はきながら）。芭蕉以後的俳人皆思踵繼俳聖於浪遊探新以及翻新俳句創作之途，蕪村亦不例外。但他嘆芭蕉去後，此「道」不彰，大雅久不作矣。「そののち」（其の後：sono nochi），其後、此後；「いまだ」（未だ：imada），未曾、尚未；「年くれず」（年暮れず：toshi kurezu），歲將暮、一年又將過——呼應了上述芭蕉詩首句「年暮れぬ」（toshi kurenu）。蕪村此詩大意為「芭蕉大去，從此以後，沒有哪一年能像他那樣『手拿斗笠，腳著草鞋』，如此真誠而詩意地結束」。

295

元旦：新春
詠新句——俳諧師
揚揚得意……

☆歳旦をしたり顔なる俳諧師（1777）

saitan o / shitarigao naru / haikaishi

譯註：「したり顔」（shitarigao），得意的面孔、揚揚得意狀。

296

黃鶯張著小小的
口——
用力歌唱

☆鶯の啼や小さき口明イて（1777）

uguisu no / naku ya chiisaki / kuchiaite

譯註：「口明イて」（口明いて：kuchiaite），口張開。

297

梅花遍地開
往南燦燦然
往北燦燦然

☆梅遠近南すべく北すべく（1777）

ume ochikochi / minami subeku / kita subeku

譯註：「遠近」（ochikochi），遠近、到處之意。《淮南子》有句「楊
子見逵路（四通八達之路）而哭之，為其可以南，可以北」，蕪村此
詩意象、節奏近之。

298

> 春風拂面——
> 啊，堤岸長又長，
> 歸鄉之路仍迢遙……

☆春風や堤長うして家遠し（1777）

harukaze ya / tsutsumi nagōshite / ie tōshi

譯註：此詩收於蕪村由俳句、漢詩、「漢文訓讀體」日語詩組合而成，總數十八首的「俳詩」《春風馬堤曲》，是其中第二首詩，也是一首俳句。蕪村在此組詩中將自己思鄉、思母之情，投射於其虛構的一位原在大阪地區幫傭的鄉下姑娘，新年假日返鄉省親的心路／旅路歷程中。此組詩有用漢語寫成的前書——「余一日問耆老於故園。渡澱水過馬堤。偶逢女歸省鄉者。先後行數里。相顧語。容姿嬋娟。癡情可憐。因製歌曲十八首。代女述意。題曰春風馬堤曲。」此詩之後即是兩首樂府體漢詩，特錄於此（完全無須翻譯！），以見蕪村漢詩功力——「堤下摘芳草，荊與棘塞路，荊棘何妬情，裂裙且傷股」（第三首詩）；「溪流石點點，踏石撮香芹，多謝水上石，教儂不沾裙」（第四首詩）——此首相當優美、動人！

299

> 來到一間茶室——
> 門前柳樹
> 比去年更老了

☆一軒の茶見世の柳老にけり（1777）

ikken no / chamise no yanagi / oinikeri

譯註：此詩為《春風馬堤曲》第五首詩，也是一首俳句。日本江戶
時代平均壽命約五十歲。寫此詩時，蕪村已六十二歲。與其說柳樹
一年老過一年，不如說蕪村自覺如此！「茶見世」（chamise），茶
舖、茶室之意。

300

　　古驛兩三家，雄貓

　　發情喚雌貓——

　　雌貓遲遲不來……

☆古駅三両家猫児妻を呼妻来らず（1777）

koeki sanryoke / byoji tsuma o yobu / tsuma kitarazu

譯註：此詩為《春風馬堤曲》第八首詩，也是一首俳句，是音節較
多的「破調」句。此詩之前的第七首詩，是一首樂府體漢詩——「店
中有二客，能解江南語，酒錢擲三緡，迎我讓榻去」。「緡」（音
「民」），指以百文結紮成串的銅錢，「榻」則指店中的四腳台餐桌。
第七、八首詩中的「二、三」與「三兩」，是《春風馬堤曲》第五首
詩日文原作中數詞「一（軒）」的巧妙展開。此詩之後的第九首詩，
也是一首樂府體漢詩——「呼雛籬外雞，籬外草滿地，雛飛欲越
籬，籬高墮三四」。

301

　菁菁春草路，三叉
　在眼前，中有一
　捷徑，迎我快還家

☆春艸路三叉中に捷徑あり我を迎ふ（1777）

shunso michi / sansa naka ni shoke ari / ware o mukau

譯註：此詩為《春風馬堤曲》第十首詩，也是音節較多的「破調」
俳句。沿用前面第七、八、九首詩中出現的數詞「三」。「あり」（有
り：ari），「有」之意。

302

蒲公英花開
三三五五——黃花
五五，白花三三
猶記得去年
此路別故鄉

☆たんぽぽ花咲り三々五々五々は黄に／三々は白し記得す去年
此路よりす（1777）

tampopo hana / sakeri sansan gogo / gogo wa kii ni

sansan wa shiroshi / kitoku su kyonen / konomichi yori su

譯註：此詩為《春風馬堤曲》第十一首詩，是一首漢詩味極濃的「漢
文訓讀體」日語詩，可視為一首由雙俳句構成的異體俳句。數詞由
前面詩中的「三兩」、「三四」進而為「三五」。「たんぽぽ」
（tampopo），蒲公英；「より」（yori），從、由。

185

303

君不見故人太祇句：
年假回家——
陪睡在孀居的
母親身旁

☆君不見古人太祇が句、藪入の寝るやひとりの親の側（1777）
kimi mizu ya kojin taigi ga ku / yabuiri no / neru ya hitori no / oya no
soba

譯註：此詩為《春風馬堤曲》最後一首（第十八首）詩，蕪村在此
詩中引用了當時已過世的友人、夜半亭同門炭太祇（1709-1771）的
一首俳句。「藪入」（yabuiri），正月或盂蘭盆節請假回家的日子；「ひ
とり」（独り／一人：hitori），獨身、一人。

304

　　四處賞櫻看花飛，讓美人的
　　肚子減卻了三兩圈——
　　啊，杜甫一點不假！

☆さくら狩美人の腹や減却す（1777）
sakuragari / bijin no hara ya / genkyaku su

譯註：此詩前書「一片花飛減卻春」，是杜甫詩句。杜甫說一片花飛落、消逝，就讓春色減少了許多。蕪村此詩顯然是俗而有力（也美！）的杜詩搞笑版。「さくらがり」（桜狩：sakuragari），去野外觀賞櫻花。

305

　　月光
　　西移，花影
　　東行

☆月光西にわたれば花影東に歩むかな（1777）
gekkō nishi ni watareba / kaei higashini / ayumu kana

譯註：「わたれば」（渡れば：watareba），移動之意。

306

佛誕日——
母腹，只是
暫時的家

☆灌仏やもとより腹はかりのやど（1777）

kanbutsu ya / motoyori hara wa / karinoyado

譯註：陰曆四月八日為佛祖誕辰日，是日會舉行「浴佛會」（灌仏：kanbutsu）。「もとより」（元より：motoyori），最初、原來之意；「かりのやど」（仮の宿：karinoyado），臨時容身處。

307

四月初八——
每個出生即死
之嬰，皆佛陀

☆卯月八日死んで生まるる子は仏（1777）

uzuki yōka / shinde umaruru / ko wa hotoke

譯註：「卯月」（uzuki），即陰曆四月。

308

遠遠近近
瀑布聲穿過新葉
聲聲入耳

☆おちこちに滝の音聞く若ばかな（1777）

ochikochi ni / taki no oto kiku / wakaba kana

譯註：「おちこち」（遠近：ochikochi），遠近、遠遠近近之意；「若
ばかな」（若葉：wakaba），嫩葉、新葉。

309

猜疑外面下雨，
蝸牛躲在殼中
——一動不動

☆こもり居て雨うたがふや蝸牛（1777）

komoriite / ame utagau ya / katatsumuri

譯註：「こもり居て」（籠り居て：komoriite），籠居、閉居之意；「う
たがふ」（疑ふ：utagau），猜疑之意。

310

　　可恨啊，那座牡丹盛開的
　　寺廟，我居然走過頭
　　而且遙不可回了

☆牡丹ある寺行き過ぎし恨かな（1777）

botan aru / tera yukisugishi / urami kana

311

　　牡丹擎晴空——
　　方百里內
　　雨雲不許來！

☆方百里雨雲よせぬぼたん哉（1777）

hōhyakuri / amagumo yosenu / botan kana

譯註：「よせぬ」（寄せぬ：yosenu），「不許聚攏靠近」之意——「ぬ」
（nu）表示否定；「ぼたん」（botan），牡丹。

312

　　一隻黑山蟻
　　公然
　　爬上白牡丹

☆山蟻のあからさま也白牡丹（1777）
yamaari no / akarasama nari / hakubotan
譯註：「あからさま」（akarasama），公然、明目張膽。

313

　　新月淡照之夜——
　　尼寺裡一頂
　　雅致的蚊帳垂懸……

☆尼寺や善き蚊帳垂るる宵月夜（1777）
amadera ya / yoki kaya taruru / yoizukiyo

314

　　夏山翠綠，

　　從京都一頭飛到另一頭：

　　一隻白鷺

☆夏山や京尽くし飛鷺ひとつ（1777）

natsuyama ya / kyō tsukushi tobu / sagi hitotsu

譯註：「ひとり」（独り／一人：hitori），獨自、一人、一隻之意。

315

　　啊，看透明的晨風

　　毛手毛腳地吹拂

　　毛毛蟲毛茸茸的毛……

☆朝風の毛を吹見ゆる毛虫かな（1777）

asakaze no / ke o fukimiyuru / kemushi kana

316

　　破雨傘裡
　　捉迷藏——飛出來
　　一隻蝙蝠！

☆かはほりのかくれ住けり破れ傘（1777）

kawahori no / kakure jūkeri / yaburegasa

譯註：「かはほり」（kawahori），即「蝙蝠」；「かくれ」（隱れ：
kakure），躲藏、玩捉迷藏。

317

　　煮酒人家的
　　人妻——一見
　　讓人醉

☆酒を煮る家の女房ちょとほれた（1777）

sake o niru / uchi no nyōbō / chotto horeta

譯註：「ちょと」（一寸：chotto），片刻、一瞬；「ほれた」（惚れた：
horeta），心蕩、神往、迷醉。

318

　　蟻王宮，朱門

　　洞開——

　　啊，艷紅牡丹！

☆蟻王宮朱門を開く牡丹哉（1777）

giōkyū / shumon o hiraku / botan kana

譯註：此詩有題「蟻垤」（即蟻窩），用唐傳奇〈南柯太守傳〉典，
把蟻穴比成王宮，又把蟻垤旁的牡丹花比作朱門。

319

　　五月雨——

　　滾滾濁流

　　衝滄海

☆五月雨や滄海を衝濁水（1777）

samidare ya / sōkai o tsuku / nigorimizu

194

320

五月雨：
面向大河——
屋兩間

☆五月雨や大河を前に家二軒（1777）
samidare ya / taiga o mae ni / ie niken

321

忍冬花
落時——蚊聲
嗡嗡起

☆蚊の声す忍冬の花の散ルたびに（1777）
ka no koe su / nindō no hana no / chiru tabi ni
譯註：「たび」（度：tabi），每回、每度。

195

322

涼啊——
離開鐘身的
鐘聲……

☆涼しさや鐘をはなるるかねの声（1777）

suzushisa ya / kane o hanaruru / kane no koe

譯註：此首亦為蕪村名句，由聽覺寫身體感覺之「涼」——由涼聲
而涼身。「はなるる」（離るる：hanaruru），離開之意；「かね」
（kane），即「鐘」。

323

苔清水——
東西南北來
東西南北流……

☆いづちよりいづちともなき苔清水（1777）

izuchi yori / izuchi tomonaki / kokeshimizu

譯註：「苔清水」（kokeshimizu），從岩間滴落，流過苔上的清水——特指著名詩人西行法師草庵遺址附近之泉水。芭蕉《野曝紀行》中有詩「願以滴答如露墜／岩間清水，／洗淨浮世千萬塵」（露とくとく試みに浮世すがばや），前書「西行上人草庵遺址，從奧院右方撥草前行約二町，今僅餘樵夫出入之小徑，草庵前險谷相隔，清水滴答，至今依舊汨汨滴落岩間」。芭蕉此詩為慕西行法師之作，蕪村此詩當為慕西行法師與芭蕉之作！「いづち」（何方／何処：izuchi），何方、何處；「より」（yori），自、從；「ともなき」（とも無き：tomonaki），表示不確定的動作或狀況之詞，有不確知的、神秘的之意。

324

　　在自己家鄉——
　　即便蒼蠅可恨,
　　我展身畫寢……

☆蠅いとふ身を古郷に昼寝かな（1777）

hae itou / mi o furusato ni / hirune kana

譯註:「いとふ」(厭ふ:itou),討厭、可恨之意。

325

　　漁網網不住,啊
　　漁網網不住——點點
　　點點,水中月光

☆網をもれ網をもれつつ水の月（1777）

ami o more / tsuna o moretsutsu / mizu no tsuki

譯註:「もれ」(漏れ:more),漏出、洩漏出來——「もれつつ」(漏
れつつ:moretsutsu),一點、一點漏出來之意。

326

夏季祭神樂起，
裸身起舞吧
答謝神賜福！

☆裸身に神うつりませ夏神樂（1777）

hadakami ni / kami utsurimase / natsukagura

譯註：「うつり」（移り：utsuri），亦作「御移り」（outsuri），回禮、答謝禮品，此處指詩中答謝神賜福之舞——「うつりませ」（移りませ：utsurimase），意即「請讓我們起舞答謝吧」；「夏神樂」（natsukagura），夏季祭中祭神的舞樂。

327

仰迎涼粉
入我肚，恍似
銀河三千尺……

☆心太逆しまに銀河三千尺（1777）

tokoroten / sakashima ni ginga / sanzenjaku

譯註：「心太」（ところてん：tokoroten），即涼粉，石花菜煮化以後冷卻凝固的食品；「逆しま」（sakashima），倒逆之意。此詩顯然化用了李白〈望廬山瀑布〉一詩之意象——「日照香爐生紫煙，遙看瀑布掛前川，飛流直下三千尺，疑是銀河落九天」。

328

> 夏日炎炎——
> 坐在簷下，避開
> 妻子、孩子！

☆端居して妻子を避る暑かな（1777）

hashiishite / saishi o sakuru / atsusa kana

譯註：「端居して」（hashiishite），坐在屋簷下之意。

329

> 入秋了，
> 施藥院的熱白開水
> 好香啊

☆秋立つや素湯香しき施藥院（1777）

akitatsu ya / sayu kōbashiki / seyakuin

譯註：「施藥院」（seyakuin），江戶時代對貧困者捨藥、治療的療養設施。「素湯」（白湯：sayu），剛煮過的熱白開水。

330

　　以純白始，
　　她們用五色絲祈求
　　多彩的愛

☆恋さまざま願の糸も白きより（1777）

koi samazama / negai no ito mo / shiroki yori

譯註：日本七夕時，少女們有繫五色（綠、紅、黃、白、黑）之絲
於竹上，向織女星祈求自己諸般技藝與愛情有成之俗。「さまざま」
（樣樣：samazama），各色各樣；「糸」（ito），絲、線；「より」
（yori），自、從。

331

　　自剃光頭
　　權充和尚，爽坐
　　簷下納涼

☆自剃して涼とる木の端居哉（1777）

jizori shite / suzumi toru ki no / hashii kana

譯註：日文原詩中，「木の端」（木のはし：ki no hashi，意為「碎木
片」，亦指不識人世情理、不食人間煙火的僧侶）與「端居」（はし
い：hashii，意為「坐在簷下」）為掛詞（雙關語）。

332

> 近似港口
> 一小村，共看煙火
> 百戶人家

☆花火見えて湊がましき家百戶（1777）

hanabi miete / minatogamashiki / ie hyakko

譯註：「花火」（hanabi），即煙火。「湊」（minato）意為港口，「が ましき」（gamashiki）為「與之相似」之意——合起來即「像港口 的」、「近似港口的」。

333

> 白髮翁，隨
> 背後吹來的風
> 俯身割芒草

☆追風に薄刈とる翁かな（1777）

oikaze ni / susuki karitoru / okina kana

譯註：「追風」（oikaze），從後面吹過來的風；「薄」（susuki），芒草。

334

　　開了花的芒草
　　搖曳風中，彷彿央求
　　別過來刈割它……

☆花薄刈のこすとはあらなくに（1777）

hanasusuki / kari no kosu to wa / aranakuni

譯註：「花薄」（hanasusuki），開了花（出了穗）的芒草；「こす」（越す：kosu），越過；「あらなくに」（有らなくに：aranakuni），「希望不要啊」之意。日文詩中的「刈」（かり：kari）可有兩意，一指「刈割」，一指田（「花薄」所在的田野）面積的單位。

335

　　夜間蘭──
　　花白
　　隱藏於花香後

☆夜の蘭香にかくれてや花白し（1777）

yoru no ran / ka ni kakurete ya / hana shiroshi

譯註：「かくれて」（隱れて：kakurete），隱藏。

336

　　我愛在
　　芭蕉葉背面
　　寫芭蕉風詩文⋯⋯

☆物書に葉うらにめづる芭蕉哉（1777）

monokaku ni / ha ura ni mezuru / bashō kana

譯註：「物書」（monokaku），寫文章之意；「うら」（裏：ura），背
面；「めづる」（愛づる：mezuru），愛、喜愛。

337

　　新豆腐，
　　軟度差了些──
　　遺憾啊遺憾！

☆新豆腐少しかたきぞ遺恨なる（1777）

shin tōfu / sukoshi kataki zo / ikon naru

譯註：「少し」（sukoshi），稍微、有點之意；「かたき」（硬き：
kataki），硬、堅硬──合起來意即「稍微硬了些」、「軟度差了些」。

338

　　刺骨之寒——亡妻的

　　梳子，在我們

　　臥房，我的腳跟底下

☆身にしむや亡妻の櫛を閨に踏（1777）

mi ni shimu ya / nakitsuma no kushi o / neya ni fumu

譯註：此詩為想像之作，非真寫其妻。寫此詩時，蕪村之妻仍健在
人間。「しむ」（凍む：shimu），凍成冰、嚴寒刺骨之意；「閨」（寢
屋：neya），臥房之意；「踏」（ふむ：fumu），踩、踏之意。

339

　　手燭下

　　色澤盡失——

　　黃菊花

☆手燭して色失へる黃菊哉（1777）

teshoku shite / iro ushinaeru / kigiku kana

譯註：「手燭」（teshoku），手持的燭台。

340

斗笠掉落了，

覺得難為情——

啊，稻草人

☆笠とれて面目もなきかがしかな（1777）

kasa torete / menboku mo naki / kagashi kana

譯註：「とれて」（torete），脫落、掉下；「面目もなき」（面目も無き：menboku mo naki），沒面子、難為情之意；「かがし」（案山子：kagashi），稻草人。

341

其角家僕出來田裡，

目測重量尋找大西瓜——

他的光頭就像西瓜！

☆角が僕目引きに出づる西瓜かな（1777）

kaku ga boku / mehiki ni izuru / suika kana

譯註：其角即芭蕉弟子寶井其角（1661-1707），為蕉門十哲之一。其家僕鵜澤長吉（又稱鵜澤是橘），初隨其角習俳句，後選擇習醫，拜其角之父為師，並於是日剃髮。成為醫者後，醫名長庵。蕪村此詩以西瓜比光頭，頗滑稽。剃了光頭的其角家僕，出來到田裡覓大西瓜——一個西瓜頭尋找西瓜的有趣故事！「目引き」（mehiki），用眼睛估計重量、覓選。

342

中秋前一夜——
女主人款待
女賓客

☆待宵や女主に女客（1777）

matsuyoi ya / onnaaruji ni / onnakyaku

譯註：「待宵」（matsuyoi），指陰曆八月十四日的夜晚。蕪村此詩中的江戶時代，似乎也講男女平權——男主人款待男賓客，女主人款待女賓客——雖有時間先後、月亮飽滿度A+與A++之別，但也算是極具俳諧之趣的一種分庭抗禮。

343

冬日將近——
陣雨的雲也將從
這裡鋪展開……

☆冬近し時雨の雲もここよりぞ（1777）

fuyu chikashi / shigure no kumo mo / koko yori zo

譯註：此詩為蕪村於金福寺芭蕉庵謁芭蕉墓前之碑時所作。芭蕉1687年有俳句「但願呼我的名為／『旅人』——／初冬第一場陣雨」（旅人と我が名呼ばれん初時雨）。「ここ」（此処：koko），這裡；「より」（yori），自、從之意。

344

湍湍最上川——
新米已速運到
河口的酒田！

☆新米の酒田は早し最上川（1777）

shinmai no / sakata wa hayashi / mogamigawa

譯註：酒田，地名，今山形縣酒田市，在最上川河口。此詩水速可
媲美李白的「兩岸猿聲啼不住，輕舟已過萬重山」。「早し」
（hayashi），快速之意。

345

當我死時，
願化身枯芒——
長伴此碑旁

☆我も死して碑に辺せむ枯尾花（1777）

ware mo shishite / hi ni hotori sen / kareobana

譯註：此詩有前書「金福寺芭蕉翁墓」。金福寺，位於京都市左京一
乘寺的臨濟宗寺院。寺內有芭蕉庵，於1777年9月立有芭蕉塚。此
詩為蕪村是年所寫，追慕芭蕉之作。蕪村於六年後（1783年）12月
去世，如他在此詩中所願，葬於金福寺芭蕉塚旁。「せむ」（迫む：
sen），臨近、挨近之意。

346

　　我的瘦骨
　　不停觸碰被子——
　　啊，霜夜

☆我骨のふとんにさはる霜夜哉（1777）

waga hone no / futon ni sawaru / shimoyo kana

譯註：「ふとん」（蒲団：futon），被子；「さはる」（触る：
sawaru），觸、碰之意。此詩為寒夜貧寒衰老之嘆。

347

　　久別歸鄉，
　　第一夜——被子裡
　　私語到深夜

☆古鄉に一夜は更けるふとんかな（1777）

frusato ni / hitohiya wa fukeru / futon kana

譯註：「更ける」（fukeru），夜闌、夜深。

348

　　昨夜尿濕了的被子
　　在屋外晾乾──啊，
　　大顯風雅的須磨村

☆いばりせし蒲団干したり須磨の里（1777）

ibariseshi / futon hoshi tari / suma no sato

譯註：須磨位於神戶市西南的須磨海岸，風景優美，是著名的「歌
枕」（古來和歌中歌詠過的名勝），也是《源氏物語》主人翁光源氏
的流謫之地，平安時代知名歌人在原行平（818-893）流放至此地
時，據說曾與村中松風、村雨這對美麗的姐妹花傳出韻事。須磨因
此成為平安王朝文學風雅的象徵。此詩將小便的俗與文學、傳奇的
風雅並置，令人莞爾！「いばりせし」（威張りせし：ibariseshi），
逞威風、顯威風之意。

349

　　久候之人的腳步聲
　　遠遠地響起──
　　啊，是落葉！

☆待人の足音遠き落葉哉（1777）

machibito no / ashioto tōki / ochiba kana

譯註：「待人」（machibito），盼望的人，所等候之人。

350

　　買了蔥——
　　穿過枯林
　　回到家

☆蔥買て枯木の中を帰りけり（1777）

nebuka kote / kareki no naka o / kaerikeri

譯註：此詩十七音節中，「k」音七度出現，非常鮮明、生動的頭韻
效果——ka-ko-ka-ki-ka-ka-ke。

351

　　冬風起兮，
　　吹動小石
　　撞寺鐘……

☆木枯や鐘に小石を吹あてる（1777）

kogarashi ya / kane ni koishi o / fukiateru

譯註：「木枯」（木枯らし：kogarashi），秋末初冬刮的寒風。

352

　　冬日閉居——
　　用燈光直射
　　蝨子眼睛……

☆冬籠燈光虱の眼を射る（1777）

fuyugomori / tōkuwau shirami no / manako o iru

譯註：冬日閉居家中（冬籠），身心被囚禁於冬天的籠子，無聊到拿
燈光（燈火）照射蝨子的眼睛——真的也快成為半個瘋子或「半個
風子」（「虱」子？）了！此首俳句節奏也頗「跳tone」，是5、9、6
共二十音節的「破調」句。

353

　　一二寸漸次降落
　　積累，漸行漸厚漸遠
　　——啊，雪千里

☆一二寸ふりもて行や雪千里（1777）

ichinisun / furi mote yuku ya / yuki chisato

譯註：「ふり」（降り：furi），降。「もて」（持て：mote），維持、
持續。

354

　　埋在灰裡的炭火啊

　　你們好像埋在

　　我死去的母親身旁……

☆埋火やありとは見へて母の側（1777）

uzumibi ya / ari to wa miete / haha no soba

譯註：此詩是蕪村思念亡母之作，埋在灰裡、餘溫猶在的炭火，讓
他想起他年少時即離世的他的母親。

355

　　油菜花──今天

　　沒有鯨魚游近：

　　海上，夕暉映……

☆菜の花や鯨もよらず海暮ぬ（1778）

nanohana ya / kujira mo yorazu / umi kurenu

譯註：「よらず」（寄らず：yorazu），沒有靠近、沒有挨近──「ず」
（zu）表示否定。

356

病起，

脛瘦——寒兮，如

鶴立

☆瘦脛や病より起ツ鶴寒し（1778）

yase hagi ya / yamai yori tatsu / tsuru samushi

譯註：此詩前書「祈求大魯病體康復」。大魯即俳人吉分大魯（?-
1778），蕪村的弟子，此詩寫後數月病逝。「より」（yori），自、從
之意。「起ツ」（起つ／立つ：tatsu），兼有「起來」與「站立」兩
意——與前面「病より」連結，可解為「病起」、「病癒」；與後面
「鶴」連結，可解為「鶴立」。

357

山中宰相——

啊，稀罕如

雪中牡丹

☆山中の相雪中のぼたん哉（1778）

sanchū no shō / setchū no / botan kana

譯註：此詩有前書「陶弘景贊」。陶弘景（456-536），南朝齊、梁時
道教學者、文學家、醫藥學家。三十七歲時隱居茅山華陽洞，梁武
帝即位後，多次派人禮聘；他堅不出山。朝廷每有大事，常往諮
詢，時人稱「山中宰相」。「ぼたん」（botan），即「牡丹」。

214

358

雪壓竹斷——
將我從吉野
櫻花夢中驚醒

☆雪折やよし野の夢のさめる時（1778）

yukiore ya / yoshino no yume no / sameru toki

譯註：「よし野」（yoshino），即「吉野」；「さめる」（覚める：
sameru），醒來。

359

貧女縫衣，折斷了
針——停下手工
看梅花

☆針折て梅にまづしき女哉（1779）

hari orete / ume ni mazushiki / onna kana

譯註：「まづしき」（貧しき：mazushiki），「貧」之意。

360

白梅燦開——
北野茶店，幾個
相撲力士來賞花

☆しら梅や北野の茶店にすまひ取（1779）

shiraume ya / kitano no chaya ni / sumaitori

譯註：北野茶店，在京都市上京區，附近北野天滿宮是賞梅的知名
景點。「しら梅」（shiraume），即「白梅」；「すまひ取」（相撲取り：
sumaitori），相撲力士。

361

在大津繪上
拉屎後飛走——
一隻燕子

☆大津絵に糞落しゆく燕かな（1779）

ōtsue ni / fun otoshi yuku / tsubame kana

譯註：大津繪，江戶時代初期始於近江國大津的一種民間風俗畫，
取材於民間信仰，畫風諷刺、詼諧。「ゆく」（行く：yuku），走掉、
離去、飛走之意。

362

　　朦朧月色誘人

　　漫步——照樣悠哉走過

　　我仇家門前……

☆恨有門も過けり朧月（1779）

urami aru / kado mo sugikeri / oborozuki

譯註：「過けり」（sugikeri），經過、走過。

363

　　我得離開——

　　但我不想離開：

　　旅店梅花開

☆出べくとして出ずなりぬ梅の宿（1779）

izubekuto / shite dezunarinu / ume no yado

譯註：「して」（shite），可是、然而之意。

364

　　玉匠琢玉——
　　座位右邊，一朵
　　盛開的茶花

☆玉人の座右にひらくつばき哉（1779）

tamasuri no / zayū ni hiraku / tsubaki kana

譯註：「ひらく」（開く：hiraku），開、盛開；「つばき」（椿：
tsubaki），茶花。

365

　　夜，如此快就
　　轉亮——是不是被
　　東山藏起來了？

☆明やすき夜をかくしてや東山（1779）

ake yasuki / yo o kakushite ya / higashiyama

譯註：此詩有前書「於三本樹水樓宴」。水樓是位於京都市丸太町荒
神口，賀茂川西岸的料理亭。蕪村與友人們夏夜通宵酒宴，天明，
東方半暗的天空中，東山黑影橫陳。「やすき」（易き：yasuki），容
易；「かくして」（斯くして：kakushite），如斯、這樣。

366

　　牡丹怒放──

　　吐出

　　一道彩虹

☆虹を吐いてひらかんとする牡丹哉（1779）

niji o haite / hirakan to suru / botan kana

譯註：「ひらかん」（開かん：hirakan），開、盛開。

367

　　從這堅實圓盤

　　依然可聞

　　古昔椎木之音

☆丸盆の椎にむかしの音聞ん（1779）

marubon no / shii ni mukashi / oto kikan

譯註：此詩有前書「訪曉台所客居之幻住庵」。曉台，即加藤曉台。
幻住庵，為詩友雲裡坊在義仲寺重建之草庵名。椎木是一種也稱為
「米櫧」的常綠喬木，其木材結構細密，質地硬沉，不易變形，為建
築、橋樑、家具等之用材，經百年仍堅硬如石。「むかし」（昔：
mukashi），往昔。

368

貧僧
刻佛像——長夜
其寒

☆貧僧の佛をきざむ夜寒哉（1779）

hinshō no / hotoke o kizamu / yozamu kana

譯註：「きざむ」（刻む：kizamu），刻、雕刻。

369

春雨——腳跋
奈良旅店借來的
寬鬆木屐……

☆春雨やゆるい下駄借す奈良の宿（1780）

harusame ya / yurui geta kasu / nara no yado

譯註：「ゆるい」（緩い：yurui），寬鬆；「下駄」（geta），木屐。

370

我所戀的阿妹籬圍邊
三味線風的薺花開放——
好似為我撥動她心弦

☆妹が垣根三味線草の花咲ぬ（1780）
imo ga kakine / shamisengusa no / hana sakinu

譯註：此詩有前書「琴心挑美人」，化用漢代司馬相如以琴音挑逗美人卓文君之典故。薺花，是日本「春季七草」之一，春天開白花，又稱「三味線草」（しゃみせんぐさ：shamisengusa），因為開花後，三角形果實像三味線（一種三弦的日本樂器）用以撥彈的「撥子」。此詩中之「妹」（imo）應指蕪村晚年熱戀的京都祇園藝妓，年方二十許的美女小糸。日文「糸」（いと：ito），絲線或琴弦之意，亦指「三味線」等樂器或其彈奏者。蕪村以「三味線」入詩，既可指涉小糸彈奏的此樂器，又與「小糸」之名呼應，融合中日兩方典故示愛，實巧妙、曼妙，充滿自信之情詩！（關於小糸的蕪村相關詩作，見本書第398、423首。）

371

> 花下來
> 花下眠，
> 逍遙哉

☆花に来て花にいねぶるいとま哉（1780）

hana ni kite / hana ni ineburu / itoma kana

譯註：「いねぶる」（居眠ぶる：ineburu），瞌睡、小睡；「いとま」
（暇：itoma），閒暇、餘暇。

372

> 出來賞櫻——
> 花前的妓女，夢想
> 來世是自由身！

☆傾城は後の世かけて花見かな（1780）

keisei wa / nochi no yo kakete / hanami kana

譯註：「かけて」（keisei），遊女、（高級）妓女；「かけて」（掛けて：
kakete），掛心、盼如心所願。

373

　　櫻花紛紛落──
　　從我背後
　　沉重的笈上

☆花散や重たき笈の後より（1780）

hana chiru ya / omotaki oi no / ushiro yori

譯註:「ちる」（散る:chiru），散落;「後」（うしろ:ushiro），後
面、背後;「より」（yori），自、從。

374

　　勇敢無懼地
　　飛來飛去──
　　雀爸雀媽

☆飛かはすやたけごころや親雀（1780）

tobikawasu / yatakegokoro ya / oyasuzume

譯註:「やたけごころ」（弥猛心:yatakegokoro），勇敢堅決的心、
勇敢無懼之意。

375

　　昨日暮色今又

　　臨──啊，走一步

　　算一步的春光

☆きのふ暮けふ又くれて行く春や（1780）

kinō kure / kyō mata kurete / yuku haru ya

譯註：原詩可作「昨日暮／今日又暮れて／行く春や」。「行く春」
（yuku haru），暮春、晚春、春將去也。

376

　　春將去也──

　　有女同車，

　　竊竊私語……

☆行く春や同車の君のささめごと（1780）

yuku haru ya / dosha no kimi no / sasamegoto

譯註：《詩經・鄭風》有詩──「有女同車，顏如舜華」。蕪村此詩
中的車應為牛車──日本平安時代貴族的交通工具。「ささめごと」
（sasamegoto），即「私語」。

377

　啊，紅葉出現──
　必有名寺
　隱於樹梢間

☆紅葉して寺あるさまの梢かな（1780）

momiji shite / tera aru sama no / kozue kana

譯註：「ある」（有る：aru），有。

378

　秋去多日也──
　滿目
　枯芒草……

☆秋去ていく日になりぬ枯尾花（1780）

aki sarite / ikuka ni narinu / kareobana

譯註：「いく日」（幾日：ikuka），多日、許多日之意；「なりぬ」
（narinu），已是、已經──意指秋去已多日了。

379

　　伸手折斷一枝
　　寒梅——我老朽的手肘
　　也跟著發出聲響

☆寒梅を手折響や老が肘（1780）

kanbai o / taoru hikibi ya / oi ga hiji

380

　　寒梅綻開——
　　芬芳如奈良墨屋
　　主人容顏

☆寒梅や奈良の墨屋があるじ皃（1780）

kanbai ya / nara no sumiya ga / arujigao

譯註：「あるじ皃」（arujigao），主人容顏——「あるじ」（aruji），主人；「皃」即「貌」或「顏」，面孔、容顏。

381

> 窮冬夜半──
> 從鋸炭聲即可
> 聽其貧寒……

☆鋸の音貧しさよ夜半の冬（1780）
nokogiri no / oto mazushisa yo / yowa no fuyu

382

> 草庵梅花開，
> 一陣屁來──
> 聞花香否立徘徊

☆庵の梅屁ひりて立ちて徘徊す（1780）
iori no ume / e hirite tachite / haikai su

譯註：白居易詩〈酬令公雪中見贈訝不與夢得同相訪〉，中有「雪似鵝毛飛散亂，人披鶴氅立徘徊」之句。日文「屁ひり」（e hiri）也可寫成「屁放り」或「放屁」。梅香與屁味，雅俗並陳，真讓人一時徘徊難前。

227

383

　　寒意在每個角落
　　逗留不去——
　　梅花

☆隅々に残る寒さや梅の花（1781）
sumizumi ni / nokoru samusa ya / ume no hana

384

　　火爐已閉——且洗
　　阮籍、阮咸南阮風格
　　極簡澡⋯⋯

☆炉塞て南阮の風呂に入身哉（1781）
ro fusaide / nangen no furo ni / irumi kana
譯註：「風呂」（furo），澡盆、洗澡用的熱水。

385

纖纖玉足
涉春水——啊，
春水變濁

☆足よはのわたりて濁る春の水（1781）

ashiyowa no / watarite nigoru / haru no mizu

譯註：原詩可作「足弱の／渡りて濁る／春の水」。「足よは」（足弱：ashiyowa），腳軟弱、弱足、纖纖玉足；「わたりて」（渡りて：watarite），渡過，涉過。

386

瘋女
搭畫船——春水
滾滾……

☆昼舟に狂女のせたり春の水（1781）

hirubune ni / kyōjo nosetari / haru no mizu

譯註：原詩可作「昼舟に／狂女乗せたり／春の水」。「のせたり」（載せたり／乗せたり：nosetari），搭載、搭乘之意。

229

四條五條

橋之下——

啊，春水……

☆春水や四条五条の橋の下（1781）

harumizu ya / shijō gojō no / hashi no shita

譯註：四條、五條是京都繁華區域，四條橋、五條橋為跨京都加茂川（今稱鴨川）的名橋，據說橋上行人如織，眾聲如流動的鼎沸……更何況冬雪已融，春光媚人，春水漸暖。唐代詩人劉希夷〈公子行〉一詩中有句「天津橋下陽春水，天津橋上繁華子」；比與謝蕪村晚的小林一茶1814年有一首俳句——「雪融了，／滿山滿谷都是／小孩子」（雪とけて村一ぱいの子ども哉），說的是人口總數約七百人的一茶家鄉長野縣信濃鄉下地方，而如今寫此俳句的與謝蕪村人在花都（花の都：hana no miyako）呢。此詩或可「立體化」為底下文本——

人人人人人人人人人人人人人人人
人人人人人人人人人人人人人人人
四條五條橋之下：

　　　　　　啊，春水…………

388

　　兩手忙接枝，隔著籬笆
　　一條舌——一條長舌
　　依然此來彼往交換八卦

☆垣越にものうちかたる接木哉（1781）

kakigoshi ni / mono uchikataru / tsugiki kana.

譯註：「もの」（物：mono），說話之意；「垣越」（kakigoshi），隔
著籬笆或越過籬笆；「うちかたる」（内方る：uchikataru），裡面、
自己家；「接木」（tsugiki），接枝。

389

　　池塘與河流
　　合而為一
　　——春雨

☆池と川ひとつになりぬ春の雨（1782）

ike to kawa / hitotsu ni narinu / haru no ame

譯註：「ひとつ」（一つ：hitotsu），一個、一樣、合一；「なりぬ」
（narinu），已是、已成為。

390

　　春雨悠悠
　　大江
　　流……

☆春雨の中を流るる大河哉（1782）

harusame no / naka o nagaruru / taiga kana

391

　　春雨——
　　邊走邊聊：
　　蓑衣和傘……

☆春雨やものがたりゆく簑と傘（1782）

harusame ya / monogatari yuku / mino to kasa

譯註：蓑通常是農人、鄉下人的雨具，攜傘的則多半是城市人或上層人家。春雨中漫步，蓑和傘為何相倚共談，是一男一女嗎，是一僧一俗嗎，是一貴一卑嗎……？「ゆく」（行く：yuku），行走。「ものがたり」（物語：monogatari）是說話或敘事之意，也是故事或傳奇之意。如此，或可將此詩「創意性」譯成底下文本——

　　春雨啊，物語改編電影長鏡頭下娓娓緩緩移動的蓑和傘

232

392

　　春雨——
　　尚未浸濕
　　青蛙肚

☆春雨や蛙の腹は未だぬれず（1782）

harusame ya / kawazu no hara wa / mada nurezu

譯註：「未だ」（まだ：mada），尚、依然之意；「ぬれず」（濡れず：nurezu），未浸濕、未淋濕之意——「ず」（zu）表示否定——「未だぬれず」（未だ濡れず：mada nurezu），意即「尚未浸濕」。

393

　　在新綠草叢中
　　可憐的柳樹
　　忘了根在哪裡

☆若草に根をわすれたる柳かな（1782）

wakakusa ni / ne o wasuretaru / yanagi kana

譯註：「わすれたる」（忘れたる：wasuretaru），忘了之意。

233

394

> 紅梅第三根枝上
> 停落的是——
> 啊，黃鶯

☆紅梅や黃鳥とまる第三枝（1782）

kōbai ya / uguisu tomaru / daisanshi

譯註：這隻謙虛的黃鶯很可愛，把紅梅第一枝禮讓給燦開的花，自
居「小咖」停在第三枝，歌唱春來到。「とまる」（止まる／停まる：
tomaru），停留、停落之意。

395

> 美哉吉野山——
> 目不暇給的花海前
> 無人忍作盜花賊

☆みよし野に花盜人はなかりけり（1782）

miyoshino ni / hananusubito wa / nakarikeri

譯註：「みよし野」（美吉野：miyoshino），吉野山之謂；「なかり
けり」（無かりけり：nakarikeri），「無」、「沒有」之意。

234

396

> 那小孩
> 用褲裙振動
> 瓣瓣落花⋯⋯

☆阿古久曽のさしぬき振ふ落花哉（1782）

akokuso no / sashinuki furū / rakka kana

譯註：「阿古久曽」（akokuso），《古今和歌集》編者之一歌人紀貫之的幼名，後轉為父母呼叫小孩之名；「さしぬき」（指貫：sashinuki），指貫，一種褲腿肥大的和服褲，類似褲裙。

397

> 吞雲，
> 吐櫻──
> 啊，吉野山

☆雲を呑で花を吐なるよしの山（1782）

kumo o nonde / hana o hakunaru / yoshinoyama

譯註：「よしの山」（yoshinoyama），即「吉野山」。

398

櫻花飄落樹蔭裡——
我沉入自己心中的
黑暗，隱於檜木笠下

☆花ちりて身の下やみやひの木笠（1782）

hana chirite / mi no shitayami ya / hinokigasa

譯註：1688年春天，《笈之小文》之旅途中，芭蕉和弟子杜國同往
吉野賞櫻，面對繁花，對頭上斗笠吟出「吉野にて桜見せうぞ檜木
笠」（帶你賞／吉野之櫻——／檜木笠），杜國也跟著吟出「よし野
にてわれも見せうぞ檜の木笠」（也讓你賞／吉野之櫻——／檜木
笠）。蕪村此處也跟著在詩末以「檜木笠」（ひの木笠：hinokigasa）
作結。「ちりて」（散りて：chirite），散落、飄落；「下やみ」（下闇：
shitayami）此處有兩意，其一等於「木の下闇」（konoshitayami），
樹下之暗，樹蔭之意，其二接前面「身の」而為「身の下闇」」（mi
no shitayami），體內之暗，內心的黑暗之意。有別於芭蕉師徒春意
盎然的詩句，蕪村此詩是一首「失意詩」，是67歲的蕪村愛戀二十
餘歲的藝妓小糸，為其苦惱，身心黯然之作。

399

春將去——
遲開的櫻花猶
躊躇，逡巡……

☆行く春や逡巡として遅桜（1782）

yuku haru ya / shunjun to shite / osozakura

400

短促人生的
閑散
時光：秋暮

☆限りある命のひまや秋の暮（1782）

kagari aru / inochi no hima ya / aki no kure

譯註：「限りある」（限り有る：kagari aru），有限之意；「ひま」（暇
／閑：hima），閑空、餘閑、閑暇、閑散。

401

落單的人
來訪落單的人
——秋暮

☆一人来て一人を訪ふや秋のくれ（1782）

hitori kite / hitori o tō ya / aki no kure

譯註：「一人」（hitori），單獨、一個人；「秋のくれ」（秋の暮：aki no kure），秋暮。

402

日暮，山昏暗——
紅葉的朱顏
被奪走了……

☆山暮れて紅葉の朱を奪いけり（1782）

yama kurete / momiji no ake o / ubaikeri

403

> 那邊的紅葉比
> 這邊的紅葉
> 更紅葉……

☆このもよりかのも色こき紅葉哉（1782）

kono mo yori / kano mo iro koki / momiji kana

譯註：此詩可作「此のもより／彼のも色濃き／紅葉哉」。直譯大致
為「那邊的紅葉／比這邊的紅葉／色更濃……」。「此のもより」
（kono mo yori），意為「與此方（這邊）相比」。

404

> 手撫桐木火桶──
> 彷彿撫弄
> 陶淵明無弦琴……

☆桐火桶無絃の琴の撫ごころ（1782）

kirihioke / mugen no koto no / nadegokoro

譯註：「撫ごころ」（撫心：nadegokoro），意為撫（桶或琴）之感。

405

　　冬籠──我家

　　牆壁無耳，不跟我說話

　　也不聽我說話

☆我いほの壁に耳なし冬ごもり（1782）

waga io no / kabe ni mimi nashi / fuyugomori

譯註：「我いほ」（我庵：waga io），「我家」之意；「なし」（無し：
nashi），「無」之意；「冬ごもり」（fuyugomori），即「冬籠」。

406

　　冬川──

　　誰拔了又丟了這

　　紅蘿蔔？

☆冬川や誰が引捨し赤蕪（1782）

fuyukawa ya / ta ga hikisuteshi / akakabura

譯註：「赤蕪」（akakabura），紅蘿蔔。

407

　　寒月懸中天——
　　鞋底，一路
　　小石子磨蹭……

☆寒月や小石のさはる沓の底（1782）

kangetsu ya / koishi no sawaru / kutsu no soko

譯註：「さはる」（触る：sawaru），觸、碰之意。

408

　　冷哉橫川，
　　毛巾、豆腐
　　皆結冰

☆手拭も豆腐も氷なる横川哉（1782）

tenugui mo / tōfu mo kōrinaru / tokawa kana

譯註：「手拭」（tenugui），毛巾；「橫川」（tokawa），地名，位於今京都市東北隅比叡山北側深處。

409

棣棠花飄落
井手玉川
好似刨屑飛濺……

☆山吹や井手を流るる鉋屑（1783）

yamabuki ya / ide o nagaruru / kannakuzu

譯註：「山吹」（yamabuki），棣棠花；「井手」（ide），指「井手玉川」
（井手の玉川：ide no tamagawa），在今京都府綴喜郡南部；「鉋屑」
（kannakuzu），刨花、刨屑。

410

紅梅花落
馬糞——即將引發
熏鼻耀眼之火災

☆紅梅の落花燃ゆらむ馬の糞（1783）

kōbai no / rakka moyuran / uma no kuso

411

　　紅梅——

　　啊，落日襲擊

　　她上頭的松柏……

☆紅梅や入日の襲う松かしは（1783）

kōbai ya / irihi no osō / matsu kashiwa

譯註：「入日」（irihi），落日；「かしわ」（柏：kashiwa），柏樹、橡
樹。

412

　　春夜——

　　狐狸誘

　　宮女

☆春の夜や狐の誘ふ上童（1783）

haru no yo ya / kitsune no izanau / uewarawa

譯註：「上童」（uewarawa），指在宮中奉仕的貴族少女。

413

狐狸化身
公子遊——
妖冶春宵……

☆公達に狐化けたり宵の春（1783）

kindachi ni / kitsune baketari / yoi no haru

譯註：「公達」（kindachi），公子。

414

白日，天黑吧
夜晚，天亮吧——
青蛙如是歌唱

☆日は日くれよ夜は夜明けよと啼く蛙（1783）

hi wa hi kure yo / yo wa yo ake yo to / naku kawazu

譯註：「くれ」（暮れ：kure），天黑、日暮、即將過去之意。

415

　　暴風雨中
　　撐筏人的蓑衣
　　成了櫻花袍

☆筏士の蓑やあらしの花衣（1783）

ikadashi no / mino ya arashi no / hanagoromo

譯註：「あらし」（嵐：arashi），暴風雨、風暴之意。

416

　　雨打
　　瓜田
　　不結果的空花……

☆あだ花は雨にうたれて瓜ばたけ（1783）

adabana wa / ame ni utarete / uribatake

譯註：「あだ花」（adabana），「謊花」、「空花」，指不結果實的花，如南瓜、香瓜、西瓜等的雄花；「うたれて」（打たれて：utarete），打；「瓜ばたけ」（瓜畑：uribatake），瓜田。

417

線香嫋繞——
兩三株真赭色
芒草，君且納

☆線香やますほのすすき二三本（1783）

senko ya / masuo no susuki / nisanbon

譯註：此詩寫於蕪村同門俳人岸太祇（1709-1771）「十三回忌」（逝世滿十二年忌）之日，在靈前以線香、芒草獻祭，思友之作。「ますほ」（真赭：masuo），真赭色，帶點橘紅的淺紅色；「すすき」（薄：susuki），芒草。原詩可作「線香や真赭の薄二三本」。

418

啊，秋聲——裂帛般
一音接一音，自
琵琶奔瀉出的激流……

☆帛を裂く琵琶の流や秋の声（1783）

kinu o saku / biwa no nagare ya / aki no koe

譯註：此詩借白居易〈琵琶行〉一詩意象，寫秋日的急湍。蕪村同年（1783）所寫的紀行文〈宇治行〉中提及此詩時謂「漸米瀨，乃宇治河第一急灘也。水石相戰，奔波激浪，如雪飛雲捲，聲響山谷亂人語。『銀瓶乍破水漿迸，鐵騎突出刀槍鳴，四弦一聲如裂帛……』——啊，讓人想起白居易形容琵琶妙音之絕唱。」

419

　　詩人西行法師的被具

　　又出現——

　　啊，紅葉更紅了⋯⋯

☆西行の夜具も出て有紅葉哉（1783）

saigyō no / yagu mo dete aru / momiji kana

譯註：此詩前書「高雄」。高雄在京都市右京區，為臨近清瀧川的賞紅葉名勝。附近有文覺上人（1139-1203）重建的神護寺。同時代的和歌巨匠西行法師出家後四處雲遊詠歌，讓文覺上人頗不爽，怒曰：「彼何為者，周遊四方，吟詠涉日，實釋門之賊也。吾見之，必擊破其頭」。不意某次神護寺舉行法華會，西行居然前來參加，文覺見其面後，不但沒擊破其頭，還親切地抱他，且留他過一夜，相談甚歡。文覺的愛憎成了紅葉顏色濃淡的象徵。蕪村另有一俳句，謂——

　　文覺的袈裟

　　是紅葉織成的

　　錦緞啊！

☆文覺が袈裟も紅葉のにしき哉（1778-1783）

mongaku ga / kesa mo momiji no / nishiki kana

420

池塘蓮枯
惹人憐——
初冬陣雨

☆蓮枯て池あさましき時雨哉（1783）

hasu karete / ike asamashiki / shigure kana

譯註：「あさましき」（淺ましき：asamashiki），可憐、悲慘之意。

421

冬鶯
往昔也曾到過
王維的籬笆

☆冬鶯むかし王維が垣根哉（1783）

fuyuuguisu / mukashi ōi ga / kakine kana

譯註：此詩為1783年12月24日，蕪村辭世前一日，病榻上所吟三
首俳句中的第一首。次日（25日）凌晨，他即告別人世。聽到冬鶯
鳴囀，想及往昔出現於唐代王維籬圍與詩中的鶯聲鶯影。詩中有
畫、畫中有詩的王維，果然是詩人／畫家蕪村至死猶戀、猶愛的靈
魂之交。「むかし」（昔：mukashi），往昔。

422

> 夜色
> 又將隨白梅
> 轉明……

☆白梅に明くる夜ばかりとなりにけり（1783）

shiraume ni / akuru yo bakari to / narinikeri

譯註：此詩有題「初春」，為蕪村臨終所詠三首俳句中的第三首，明
亮而澄靜，極為動人。

423

逃之夭夭的螢火蟲啊，

懷念你屁股一閃

一閃不怕羞的光……

☆逃尻の光りけふとき螢哉（1778-1783 間）

nigejiri no / hikari ke futoki / hotaru kana

譯註：雖然已婚且已為人父（女兒嫁人，後又離婚），與謝蕪村在
65歲（1780年）前後結識了芳齡二十的祇園藝妓小糸，為之神魂顛
倒。江戶時代平均壽命約50歲，年過花甲的蕪村似乎越活越年輕，
雖不富有，但寫詩、畫畫、酒宴、看戲，頗瀟脫而自得。蕪村一生
俳句的創作，60歲以後所作據說佔了六成。此等活力，恐怕部分來
自對愛情的渴望。老少／不倫戀自然也帶給他猜疑、不安、苦惱。
在周遭友人忠告下，蕪村於1783年與小糸斷絕往來，但若有所失，
時有所思……這首「光」屁股的螢火蟲俳句，即是顯例。結束黃昏
之戀八個月後，68歲的蕪村過世。「ふとき」（太き：futoki），膽大
的。

250

424

　　沒穿兜襠布，
　　一陣春風吹來——
　　屁股全露

☆褌せぬ尻吹れ行や春の風（1778-1783間）

fudoshi senu / shiri fukare yuku ya / haru no kaze

譯註：「褌」（ふんどし：fundoshi），即兜襠布，遮覆男性下體的細
長之布；「せぬ」（senu），意為「不為」，此處指沒穿（兜襠布）——
「ぬ」（nu）表示否定。

425

　　放假回家，訂了親的
　　女傭傘下拿著向
　　鄰家們討到的牙黑漿

☆やぶいりや鉄漿もらひ来る傘の下（1778-1783間）

yabuiri ya / kane morai kuru / kasa no shita

譯註：「やぶいり」（藪入：yabuiri），正月十六日前後或盂蘭盆節，
傭人請假回家的日子；「鉄漿」（かね：kane），即染牙液、牙黑漿，
用於染黑牙齒的液體——日本江戶時代牙齒染黑是已婚女性的象
徵；「やぶい」（貰い：morai），討、要，討得的東西、得到的禮物。
女子出嫁前據說有向鄰里七戶人家討牙黑漿之習。

426

翻耕農田——
靜止不動的雲
已悄悄散去

☆畑うつやうごかぬ雲もなくなりぬ（1778-1783 間）

hatautsu ya / ugokanu kumo mo / nakunarinu

譯註：「うごかぬ」（動かぬ：ugokanu），「不動的」之意——「ぬ」
（nu）表示否定；「なくなりぬ」（無くなりぬ：nakunarinu），「消失
了」之意。

427

小戶人家販賣的
小紅豆，好似
梅開點點……

☆小豆売小家の梅のつぼみがち（1778-1783 間）

azuki uru / koie no ume no / tsubomi gachi

譯註：「つぼみ」（蕾：tsubomi），花蕾、蓓蕾；「がち」（勝ち：
gachi），有很多之意。

428

　　黃鶯高歌

　　一會兒朝那兒

　　一會兒朝這兒

☆鶯の啼くやあちらむきこちら向き（1778-1783間）

uguisu no / naku ya achiramuki / kochiramuki

譯註：原詩可作「鶯の／啼くや彼方向き／此方向き」。

429

　　石工採石，誤傷

　　手指——滴下的血

　　啊，鮮紅如杜鵑花

☆石工の指傷たるつつじかな（1778-1783間）

ishikiri no / yubi yaburitaru / tsutsuji kana

譯註：「つつじ」（躑躅：tsutsuji），杜鵑花。

430

拾骨者在親人
骨灰中撿拾
——啊，紫羅蘭

☆骨拾ふ人に親しき菫かな（1778-1783 間）

kotsu hirou / hito ni shitashiki / sumire kana

譯註：「骨拾ふ」（kotsu hirou），即拾骨、撿骨，火葬後撿取死者之
骨。

431

被一滴雨
擊中——蝸牛
縮進殼裡

☆点滴に打たれて籠る蝸牛（1778-1783 間）

tenteki ni / utarete komoru / katatsumuri

譯註：「籠る」（komoru），躲進「籠」裡、縮進殼裡。

432

> 但願螢火蟲籠
> 破，螢光
> 飛舞夜空中！

☆ほたる籠破れよとおもふこころかな（1778-1783 間）

hotarukago / yareyo to omou / kokoro kana

譯註：「ほたる籠」（ほたるかご：hotarukago），也可寫成「螢籠」。
「おもふ」（思ふ：omou），想、希望之意；「こころ」（kokoro），
即「心」。蕪村把一隻隻螢火蟲裝進籠子，為了好玩、好看籠內明滅
的螢光。又動念希望打破螢籠，讓眾螢在夜空裡亂舞。是「一螢兩
看」之故，還是「矛盾人性」？

433

> 僧坊煮芋
> 五六升，樂賞
> 今宵秋月明

☆五六升芋煮る坊の月見哉（1778-1783 間）

goroku masu / imoniru bō no / tsukimi kana

譯註：「月見」（tsukimi），賞月之意。

434

> 即便鬼也
> 老了——河原院中
> 對月獨泣

☆鬼老て河原の院の月に泣く（1778-1783間）

oni oite / kawara no in no / tsuki ni naku

譯註：此詩有題「古院月」。河原院是嵯峨天皇皇子源融（822-895）的邸宅，傳說源融死後其鬼魂在其間出沒。後人猜測他是紫式部《源氏物語》主角光源氏的原型之一。

435

> 對擣衣的女子
> 他戲說——我們以
> 砧為枕共眠吧

☆枕にと砧寄せたるたはれかな（1778-1783間）

makura ni to / kinuta yosetaru / taware kana

譯註：「寄せたる」（yosetaru），藉口、假託；「たはれ」（戲れ：taware），調戲、開玩笑。

436

> 取出砧板，在夫君
> 先前練騎的木馬旁
> 擣衣，待伊征戰歸

☆取出るきぬた傍の木馬かな（1778-1783間）

toriideru / kinuta hata no / mokuba kana

譯註：「きぬた」（kinuta），砧；「木馬」（mokuba），掛上鞍供騎馬練習用的木製馬形物。此詩情境頗近李白〈子夜吳歌·秋歌〉一詩——「長安一片月，萬戶擣衣聲。秋風吹不盡，總是玉關情。何日平胡虜，良人罷遠征」。

437

> 落日，低身
> 穿行過蕎麥稈
> 為其染色

☆落る日のくぐりて染る蕎麦の茎（1778-1783間）

otsuru hi no / kugurite somuru / soba no kuki

譯註：「くぐりて」（潜る：kugurite），低身通過、穿行過。

438

　　用一根蠟燭

　　點燃另一根蠟燭——

　　春夜來矣⋯⋯

☆燭の火を燭にうつすや春の夕（年代不明）

shoku no hi o / shoku ni utsusu ya / haru no yu

譯註：「うつす」（映す：utsusu），映、照。

439

　　以臂為枕——

　　我確然愛

　　朦朧月下的自己

☆手枕に身を愛す也おぼろ月（年代不明）

temakura ni / mi o aisu nari / oborozuki

440

霧迷
原上草，向晚
水無聲……

☆草霞み水に声なき日ぐれ哉（年代不明）

kusa kasumi / mizu ni koe naki / higure kana

譯註：此詩有前書「野望」。原詩可作「草霞み／水に声無き／日暮
れ哉」。「なき」（無き：naki），「無」之意；「日ぐれ」（日暮れ：
higure），「日暮」之意。

441

春雨——
菜飯熱上桌
驚蝶夢

☆春雨や菜めしにさます蝶の夢（年代不明）

harusame ya / na meshi ni samasu / chō no yume

譯註：此詩有前書「為粟飯一碗棄五十年之歡樂，不如遊葉戲花，
夢醒後不留遺憾」，乃融黃粱夢與莊周夢蝶此二中國典故而成。「め
し」（meshi），即「飯」；「さめす」（覚めす：samesu），喚醒、驚醒。

442

　　以春天的流水

　　為枕——她的亂髮

　　飄漾……

☆枕する春の流れやみだれ髪（年代不明）

makurasuru / haru no nagare ya / midarekami

譯註：蕪村的母親，據推測，於蕪村十三歲時投水自盡。此詩殆為
蕪村思念母親之作，化用「漱石枕流」這四字中國成語，融飄眠於
春水中的美女與瘋女於一身。「みだれ髮」（乱れ髪：midarekami），
即「亂髮」。

443

　　青蛙們的

　　蛙式游泳——一副

　　全然無助狀

☆泳ぐ時よるべなきさまの蛙かな（年代不明）

oyogu toki / yorubenaki sama no / kawazu kana

譯註：「よるべなき」（寄る辺無き：yorubenaki），無依、無助之
意；「さま」（様：sama），樣子、姿態。

260

444

棲息於
寺廟鐘上——
熟睡的一隻蝴蝶

☆釣鐘にとまりて眠る胡蝶かな（年代不明）

tsurigane ni / tomarite nemuru / kochō kana

譯註：「釣鐘」（tsurigane），寺廟大鐘；「とまりて」（止りて／留りて：tomarite），停留、棲息。

445

小戶人家的我們
與桃花相配——
豈敢高攀櫻花？

☆さくらより桃にしたしき小家哉（年代不明）

sakura yori / momo ni shitashiki / koie kana

譯註：「さくら」（桜：sakura），即櫻花；「したしき」（親しき：shitashiki），親近、血緣近的之意。

261

446

京都御室
櫻花繽紛開——
我遇見又平了嗎？

☆又平に逢ふや御室の花ざかり（年代不明）

matabei ni / au ya omuro no / hanazakari

譯註：此詩為蕪村最著名的一幅俳畫《又平花見圖》之畫贊（題
跋），有前書謂「京都落櫻繽紛，彷彿層層石膏粉從土佐光信的畫裡
剝落下」。土佐光信（1434-1525）是室町時代後期的宮廷畫家。蕪
村詩中的「又平」（matabei）即「浮世又平」，是光信的弟子，「大
津繪」的畫師，在蕪村此畫中頭綁紅頭巾，衣衫半解，飲酒的葫蘆
掉落腳下，一副醉步之姿——公認為蕪村俳畫中最高傑作。御室
（omuro），在京都市右京區，是著名的賞櫻景點；「花ざかり」（花
盛り：hanazakari），花盛開之意。

447

> 尋隱，松下
> 問童子——「就此
> 雲裡山櫻中」

☆松下童子に問へば只此雲里山桜（年代不明）

shiyōka dōji ni / toeba tadakono unri / yamazakura

譯註：此詩顯為賈島〈尋隱者不遇〉（「松下問童子，言師採藥去。
只在此山中，雲深不知處」）一詩的「山寨／櫻花版」變奏。

448

> 夏月清皎——
> 河童所戀伊人
> 住此屋嗎？

☆河童の恋する宿や夏の月（年代不明）

kawataro no / koisuru yado ya / natsu no tsuki

譯註：「河童」（kawataro），日本民間想像中的動物，水陸兩棲，形
似幼兒。

449

　　滾滾雲峰下
　　揚州港
　　豁然入眼來

☆揚州の津も見えそめて雲の峯（年代不明）

yōshū no / tsu mo miesomete / kumo no mine

譯註：此詩想像漫漫旅程後，旅人初見揚州港之盛景。

450

　　更衣日——
　　雖然短暫，他們重感
　　新鮮的愛意……

☆かりそめの恋をする日や更衣（年代不明）

karisome no / koi o suru hi ya / koromogae

譯註：「かりそめ」（仮初め：karisome），一時的；「する」（suru），
「感覺到」之意。

451

擁竹編抱枕入眠
彷彿伏見藝妓在懷
一夜情話綿綿

☆抱籠やひと夜ふしみのささめごと（年代不明）

dakikago ya / hitoyo fushimi no / sasamegoto

譯註：「抱籠」（dakikago），或稱「竹夫人」（chikufujin），夏季納
涼用的竹編抱枕；「ささめごと」（sasamegoto），即「私語」。詩中
的地名「伏見」（ふしみ：fushimi，京都市南部的一區，以風化業知
名）與「臥し」（ふし：fushi，睡覺之意）是雙關語。

452

它的吠聲
來自它體內的黑暗：
秋夜深更

☆己が身の闇より吼て夜半の秋（年代不明）

ono ga mi no / yami yori hoete / yowa no aki

譯註：此詩為畫贊，有前書「丸山氏繪一黑犬，望我題詞」。丸山氏
即圓山應舉（1733-1795），蕪村友人，和蕪村、池大雅齊名的江戶
時代中期畫家。「より」（yori），自、從之意。

453

> 飽食的蟾蜍——
> 吐出一首明月之詩後，
> 白肥肚當消！

☆月の句を吐てへらさん蟾の腹（年代不明）

tsuki no ku o / hakite herasan / hiki no hara

譯註：「へらさん」（減さん：herasan），縮減、肚空之意。

454

> 今宵中秋月明，
> 碰撞上一位盲人——
> 不禁啞然失笑

☆月今宵めくら突當り笑ひけり（年代不明）

tsuki koyoi / mekura tsukiatari / waraikeri

譯註：此詩中人，所笑為何？也許是中秋滿月皎然，「明眼」的他居然還沒注意，「白目」地碰撞到別人。而被撞之人居然是位盲人——想到月圓月缺於盲人何有差別，他又笑了。「めくら」（盲：mekura），盲人之意；「突當り」（突き当たり：tsukiatari），撞上之意。

455

　　颱風野大──
　　待在二樓上的雲遊僧
　　也跑下樓來……

☆客僧の二階下り来る野分哉（年代不明）
kyakusō no / nikai orikuru / nowaki kana

456

　　閃電一閃一閃──
　　一滴一滴，
　　竹上露滴落聲……

☆稻妻にこぼるる音や竹の露（年代不明）
inatzuma ni / koboruru oto ya / take no tsuyu

譯註：「こぼるる」（零るる／溢るる：koboruru），溢出、滴落之
意。

457

啊鬼貫——
新酒香中
安貧窮！

☆鬼貫や新酒の中の貧に処ス（年代不明）

onitsura ya / shinshu no naka no / bin ni shoshu

譯註：鬼貫（1661-1738）即上島鬼貫，酒鄉伊丹出身、家族從事造
酒業之俳人，性頗孤高。時人將其與芭蕉並稱（「東芭蕉、西鬼
貫」）。蕪村曾將其與芭蕉之弟子或友人──其角、嵐雪、素堂、去
來──等四家並列，稱為「五子」。此處譯一首鬼貫之句──「枯骨
之上／披金戴銀盛粧／賞櫻……」（骸骨の上を粧て花見哉）──的
確「鬼貫」！另有一首「秋風／拂過／人臉面……」（秋風の吹き渡
りけり人の顏）──如人飲水，禪意在焉。

458

如斯白菊──
比它更可喜的
顏色無矣

☆白菊やかかる目出度色はなくて（年代不明）

shiragiku ya / kakaru medetabi / iro wa nakute

譯註：「かかる」（斯かる：kakaru），如斯、如此的；「目出度」
（medetabi），可喜的、可賀的；「なくて」（無くて：nakute），無、
沒有。

459

下山到
澡堂──一頂雪笠，
動啊動……

☆風呂入に谷へ下るや雪の笠（年代不明）

furo iri ni / tani e kudaru ya / yuki no kasa

460

水、鳥相逢——
水、酉合成酒，兩個知交
雪中共酌話當年……

☆水と鳥のむかし語りや雪の友（年代不明）

mizu to tori no / mukashi katari ya / yuki no tomo

譯註：日文「鳥」（とり：tori），發音與「酉」（とり：tori）相同。
「むかし」（昔：mukashi），往昔、從前。蕪村此詩巧妙地將「水」
與「鳥／酉」合在一起，浮現「酒」字，類似中國古來的「拆字詩」
或陳黎在詩集《輕／慢》（2009）裡寫的「隱字詩」或「字俳」。江
戶時代初期有一本記述有名的酒戰（喝酒比賽）之書，書名為《水
鳥記》。

461

午夜——冰上
被棄的
歪斜的小舟

☆真夜半氷の上の捨小舟（年代不明）

mayonaka ya / kōri no ue no / suteobune

譯註：此詩彷彿是冬夜版的韋應物名句「野渡無舟人自橫」。

462

　　冬日閉居──
　　唉，連月夜
　　茶花開亦不知

☆茶の花の月夜もしらず冬籠（年代不明）

cha no hana no / tsukiyo mo shirazu / fuyugomori

譯註：「しらず」（知らず：shirazu），不知。

463

　　鯨肉市場──
　　磨刀霍霍，騞然
　　鼓刀解巨鯨

☆鯨売市に刀を皷しけり（年代不明）

kujirauri / ichi ni katana o / narashikeri

譯註：《史記・刺客列傳》「聶政傳」中說──「政乃市井之人，鼓刀以屠」。另《莊子・養生主》講到庖丁解牛時說其「手之所觸，肩之所倚，足之所履，膝之所踦，砉然向然，奏刀騞然，莫不中音」。騞（音「霍」）然，以刀解剖、裂物之聲。「皷し」（鳴し：narashi），發出響聲；「けり」（keri）是表示感嘆的助動詞，表達初遇某事時的驚訝與感動。

271

464

　　一陣風，把
　　水鳥
　　吹白了

☆かぜ一陣水鳥白く見ゆるかな（年代不明）

kaze ichizin / mizudori shiroku / miyuru kana

譯註：原詩可作「風一陣／水鳥白く／見ゆる哉」。此詩也可直譯為
「風一陣，／水鳥白，／看見了嗎？」

465

　　古池
　　蛙老——
　　落葉紛紛

☆古池の蛙老いゆく落葉哉（年代不明）

furuike no / kawazu oi yuku / ochiba kana

譯註：「老いゆく」（老い行く：oi yuku），變老之意。此詩亦是對
芭蕉名句「古池——／青蛙躍進：／水之音」（古池や蛙飛びこむ水
の音）的戲仿。是多年後的「續集」——年輕的青蛙如今已成老蛙。

466

　　冬日的牡丹——
　　啊，沒有蝴蝶
　　來買夢……

☆夢買ひに来る蝶もなし冬牡丹（年代不明）

yumekai ni / kuru chō mo nashi / fuyubotan

譯註：此詩揉合了日本鎌倉時代《宇治拾遺物語》中「買夢人的故事」以及莊周夢蝶之典。「なし」（無し：nashi），無、沒有。

467

　　櫻花綻放
　　山中——也為
　　棄絕愛之人

☆こいお山えすてしよもあるに桜哉（年代不明）

koi o yama e / suteshi yo mo aru ni / sakura kana

譯註：原詩可作「恋お山え／捨てしよも有るに／桜哉」。「こい」（恋：koi），戀愛、愛情；「すてし」（捨てし：suteshi），捨棄、棄絕；「ある」（有あ：aru），有。

273

468

黑貓——通身

一團墨黑，摸黑

幽會去了⋯⋯

☆黑猫の身のうば玉や恋の闇（年代不明）

kuroneko no / mi no ubatama ya / koi no yami

譯註：「うば玉」（烏羽玉：ubatama），指「檜扇」的果實開裂後露
出的黑黑圓圓、帶有光澤的種子，詩中借其圓與黑來形象黑貓。

469

剪刀——

在白菊前，

遲疑片刻

☆白菊にしばしたゆたふはさみかな（年代不明）

shiragiku ni / shibashi tayutau / hasami kana

譯註：「しばし」（暫し：shibashi），暫時、片刻之意；「たゆたふ」
（猶予ふ：tayutau），猶豫之意；「はさみ」（鋏：hasami），剪刀。

470

　　山寺初冰

　　硯先

　　知

☆山寺の硯に早し初氷（年代不明）

yamadera no / suzuri ni hayashi / hatsugōri

譯註：「初冰」（hatsugōri），冬日初結冰、初凍。

471

　　冬日黃昏雨——

　　我等候的女人

　　毫無憐憫之心

☆待人のじょのこわさよ夕時雨（年代不明）

machibito no / jō no kowasa yo / yūshigure

譯註：「じょ」（女：jō），女人、女子；「こわさ」（強さ：
kowasa），強硬、頑固、不輕易順從之意。

472

蜻蜓——
戴著眼鏡
飛來飛去……

☆蜻吟や眼鏡をかけて飛步行（年代不明）
kagerō ya / megane o kakete / tobiaruki

譯註：「かけて」（掛けて：kakete），掛上、戴上之意；「飛步行」
（tobiaruki），飛來飛去之意。2015 年 10 月 14 日，日本奈良縣天理
市天理大學附屬圖書館發佈了 212 首先前未知的與謝蕪村俳句。此
處所譯的最後四首俳句（472-475 首）即出於此。

473

在已焚燒的
廢田裡，我驚見
許多草花

☆我焼し野に驚くや艸の花（年代不明）
ware yakishi / no ni odoroku ya / kusa no hana

474

今宵月明——
我的傘也化身為
一隻獨眼獸

☆傘も化けて目のある月夜哉（年代不明）

karakasa mo / bakete me no aru / tsukiyo kana

譯註：「目のある」（目の有る：me no aru），意為「有眼睛」——
可能是獨眼吧，這支鬼裡鬼怪之傘！

475

遠山峽谷間
櫻花綻放——
宇宙在其中

☆さくら咲いて宇宙遠し山のかい（年代不明）

sakura saite / uchū tōshi / yama no kai

譯註：本詩可作「桜咲いて／宇宙遠し／山の峽」。「さくら」（桜：
sakura），即櫻花；「かい」（峽：kai），峽谷之意。

陳黎、張芬齡中譯和歌俳句書目

《亂髮：短歌三百首》。台灣印刻出版公司，2014。

《胭脂用盡時，桃花就開了：與謝野晶子短歌集》。湖南文藝出版社，2018。

《一茶三百句：小林一茶經典俳句選》。台灣商務印書館，2018。

《這世界如露水般短暫：小林一茶俳句300》。北京聯合出版公司，2019。

《但願呼我的名為旅人：松尾芭蕉俳句300》。北京聯合出版公司，2019。

《夕顏：日本短歌400》。北京聯合出版公司，2019。

《春之海終日悠哉游哉：與謝蕪村俳句300》。北京聯合出版公司，2019。

《古今和歌集300》。北京聯合出版公司，2020。

《芭蕉‧蕪村‧一茶：俳句三聖新譯300》。北京聯合出版公司，2020。

《牽牛花浮世無籬笆：千代尼俳句250》。北京聯合出版公司，2020。

《巨大的謎：特朗斯特羅姆短詩俳句集》。北京聯合出版公司，2020。

《我去你留兩秋天：正岡子規俳句400》。北京聯合出版公司，2021。

《天上大風：良寬俳句‧和歌‧漢詩400》。北京聯合出版公司，2021。

《萬葉集365》。北京聯合出版公司，2022。

《微物的情歌：塔布拉答俳句與圖象詩集》。台灣黑體文化，2022。

《萬葉集：369首日本國民心靈的不朽和歌》。台灣黑體文化，2023。

《古今和歌集：300首四季與愛戀交織的唯美和歌》。台灣黑體文化，2023。

《變成一個小孩吧：小林一茶俳句365首》。陝西師大出版社，2023。

《致光之君：日本六女歌仙短歌300首》。台灣黑體文化，2024。

《願在春日花下死：西行短歌300首》。台灣黑體文化，2024。

《此身放浪似竹齋：松尾芭蕉俳句450首》。台灣黑體文化，2024。

《我亦見過了月：千代尼俳句300首》。台灣黑體文化，2024。

《四海浪擊秋津島：與謝蕪村俳句475首》。台灣黑體文化，2024。

國家圖書館出版品預行編目(CIP)資料

四海浪擊秋津島：與謝蕪村俳句475首/與謝蕪村著;陳黎,張芬齡譯.-- 初版.-- 新北市：
黑體文化出版:遠足文化事業股份有限公司發行,2024.10
　面；　公分
ISBN 978-626-7512-19-7(平裝)

861.523　　　　　　　　　　　　　　　　　　　　　　　　　　　　113014799

特別聲明：
有關本書中的言論內容，不代表本公司／出版集團的立場及意見，由作者自行承擔文
責。

黑體文化

讀者回函

白盒子11
四海浪擊秋津島：與謝蕪村俳句475首

作者．與謝蕪村｜譯者．陳黎、張芬齡｜責任編輯．張智琦、施宏儒｜封面設計．許
晉維｜出版．黑體文化／左岸文化事業有限公司｜總編輯．龍傑娣｜發行．遠足文化
事業股份有限公司（讀書共和國出版集團）｜電話：02-2218-1417｜傳真．02-2218-
8057｜客服專線．0800-221-029｜讀書共和國客服信箱service@bookrep.com.tw｜官方網
站．http://www.bookrep.com.tw｜法律顧問．華洋法律事務所．蘇文生律師｜印刷．中原
造像股份有限公司｜排版．菩薩蠻數位文化有限公司｜初版．2024年10月｜定價．
350｜ISBN．9786267512197｜EISBN．9786267512173（PDF）．9786267512180（EPUB）｜
書號．2WWB0011